W0327329

rororo

«Der Roman ist ein wunderbares Beispiel für die Macht der Phantasie und ein beeindruckendes Plädoyer für Toleranz.» (Kölnische Rundschau)

«Aber gleichwohl dringen in diese Märchenwelt die rauen Winde der Wirklichkeit, ein zeitgemäßes Lebensgefühl und nicht zuletzt feine Prisen der Ironie.» (Neue Zürcher Zeitung)

Michael Lüders, geb. 1959 in Bremen, ist Journalist und Schriftsteller. Er studierte Orientalistik in Berlin und arabische Literatur in Damaskus. Er hat bereits diverse Hörspiele, Sachbücher und Romane veröffentlicht. Dies ist sein erstes Buch, in dem auch Rezepte enthalten sind.

Michael Lüders

Aminas Restaurant

Ein modernes Märchen

Rowohlt Taschenbuch Verlag

2. Auflage Juli 2008

Veröffentlicht im Rowohlt Taschenbuch Verlag,
Reinbek bei Hamburg, April 2008
Copyright © 2006 by Arche Literatur Verlag AG, Zürich-Hamburg
Umschlaggestaltung any.way, Wiebke Jakobs
(Foto: Yann Arthus-Bertrand/Corbis)
Satz aus der Berkeley Oldstyle Book PostScript, InDesign,
bei Pinkuin Satz und Datentechnik, Berlin
Druck und Bindung Druckerei C. H. Beck, Nördlingen
Printed in Germany
ISBN 978 3 499 24661 6

1

Ein zweites Mal wurde Alexander geboren, als er Jasmina und ihre Eltern auf dem Wochenmarkt unweit der Kirche einkaufen sah. Gewöhnt an das ruhige und beständige Leben in der Provinz, war er umso erstaunter über dieses ungewöhnliche Licht, das von ihnen ausging, diese strahlende Güte und Höflichkeit, die jeden erfasste, sobald er in ihre Nähe geriet. An den Ständen, wo sie Obst und Gemüse einkauften, Fisch und Käse, Honig und Oliven, eigentlich alles, was der Markt zu bieten hatte, abgesehen von Schweinefleisch, schienen die Menschen wie verzaubert zu sein. Sie hielten inne und warfen einen Blick auf die Fremden, einen langen, anhaltenden Blick voller Glückseligkeit. Es war, als habe der Alltag plötzlich keine Bedeutung mehr, als sei der Markt durch Zauberkraft in eine andere Welt geraten, als sei Lesum, dieser schöne, friedliche, manchmal etwas langweilige Stadtteil in Bremen-Nord, ein Teil des Orients geworden.

Das lag vor allem an Jasminas Vater, der aussah wie Omar Sharif in jüngeren Jahren, groß, schlank und stattlich. Er sprach gut Deutsch, mit einem weichen, sinnlichen, südländischen Akzent, begleitet von Gesten und einem Lächeln, das Steine hätte erweichen können. Um zu vermeiden, dass die Männer an den Marktständen ungehalten reagierten, wandte sich Jasminas Mutter an die Verkäufer. Sie trug ein rotes, brokatgesäumtes Gewand und ein Kopftuch, das sie nicht verhüllte, sondern vielmehr die Aufmerksamkeit auf ihre hochgesteckten, ebenso vollen wie tiefschwarzen Haare lenkte. Fast konnte man glauben, sie wäre einem märchenhaften Traum entstiegen.

Alexander fragte sich, ob hier ein Film gedreht würde, als ihn Jasminas klarer Blick traf. Es war reiner Zufall, und sie wandte sich sofort wieder von ihm ab. Aber diese eine Sekunde genügte, um ein Feuer in ihm zu entfachen. Jasmina war in seinem Alter, Mitte zwanzig, und ihr bronzefarbenes Gesicht zeigte Neugierde ebenso wie Spott und eine tiefe Verletzbarkeit. Sie trug einen Korb mit den Einkäufen und hielt sich im Schatten ihrer Eltern. Unwillkürlich folgte er ihr, bis er ihrem Vater vor dem Stand mit mediterranen Spezialitäten geradewegs in die Arme lief.

«Ah, guten Tag», sagte ihr Vater. «Sie sind von hier?»

Diese offene Art, mit der er angesprochen wurde, überraschte Alexander. Aber das war typisch für Sid Mohammed, wie sich später herausstellte. Er tat immer Dinge, mit denen er andere überraschte. Ein Charakterzug, den Alexander mehr und mehr zu bewundern lernte, diese Fähigkeit, mit einem unsichtbaren Zauberstab in den Lauf der Welt einzugreifen.

Er nickte. Ja, er sei aus Lesum. Sein Herz raste, und er hoffte, vor Jasmina bestehen zu können. Ihr Vater sah Alexander prüfend an und reichte ihm die Hand. Er heiße Sid Mohammed. Amina, seine Frau, und dies sei Jasmina, seine Tochter.

«Sehr erfreut», sagte Alexander. «Sehr erfreut.» In Wirklichkeit war er nur eines, verwirrt.

«Wir sind aus Marokko. Aus Marrakesch. Wir wollen in Lesum ein arabisches Restaurant eröffnen», sagte Sid Mohammed.

Das allerdings hielt Alexander für keine zündende Idee. In Bremen äße man Fisch oder Labskaus. Oder Frikadellen.

Bratwürste. Erbsensuppe. Panierte Schnitzel mit Pommes. Kohl und Pinkel. Solche Sachen.

«Mag sein. Aber das wird sich ändern, glauben Sie mir. Denn die arabische Küche geht durch den Magen ins Herz. Sie verändert die Menschen, befreit die Seele.»

Jasmina lächelte, und ihr Lächeln machte Alexander auf der Stelle zu ihrem Gefangenen. Es war, als hätte er Couscous mit Datteln, Aprikosen und zartem Lammfleisch gegessen, Aminas Spezialität, mit der sie schon bald berühmt werden sollte. Nicht zu vergessen den braunen Zucker und die frische Minze, die Rosinen, Backpflaumen und ein bis zwei Limetten.

2

Hätte die Handbremse damals nicht versagt, würde es ihn nicht geben. Alexander verdankte sein Leben einem technischen Defekt. An einem heiteren Sommertag, neun Monate vor seiner Geburt, hatten seine Eltern einen Ausflug in Bremens Umgebung unternommen. Sie verbrachten einen fröhlichen und unbeschwerten Nachmittag in der Wiesenlandschaft der Wümme-Niederung, wo sie den Picknickkorb plünderten und auf der blau-weiß karierten Baumwolldecke Zärtlichkeiten austauschten. Doch alles in allem blieb Alexanders Mutter züchtig und keusch. Irgendwann zeichnete sein Vater seufzend und enttäuscht, die Hände in den Hosentaschen vergraben, in Gedanken den Lauf der Wümme nach, dieser torfig-trüben Wümme, die sich schließlich in die Lesum ergießt, diese wiederum in die Weser und weiter in die Nordsee – eine solchermaßen gewaltige Ballung von Flüssigkeit und Kraft mag ihn bewogen haben, sein Glück erneut zu versuchen.

Es geschah auf dem Rücksitz des roten Borgward Isabella, eines Oldtimers aus den sechziger Jahren, den Alexanders Vater von einem Freund geliehen hatte. Durchaus möglich, dass seine Mutter noch einen Rest Widerstand leistete, um ihrer katholischen Herkunft zu genügen. Der weitere Verlauf der Ereignisse bewies jedoch, dass seine Eltern sich nicht mehr lange mit Förmlichkeiten aufhielten. In der Hitze ihrer Leidenschaft auf dem ledernen Rücksitz, ganz in Weiß, löste sich gleichzeitig die Handbremse des Wagens. Gerade in dem Augenblick, als sein Vater sich zurückziehen wollte, stieß das ins Rollen geratene Fahrzeug gegen einen Baum. Durch den Aufprall wurde Alexanders Vater dorthin zurückgeworfen, von wo er eigentlich zu entkommen suchte: in den tiefen Schoß seiner Freundin, die ihren Sohn mit einem kreischenden «Oh, mein Gott!» empfing.

Alexander selbst erfüllte der Gedanke an diese ungewollte Insemination mit klammheimlicher Freude. Es gefiel ihm, dass er sein Leben einer Laune des Schicksals verdankte, einem technischen Defekt aus Altersschwäche. Und er leugnete nicht, dass er seine Eltern für die Poesie jenes Tages, die ihm den Eintritt ins Leben ermöglichte, schätzte und bewunderte. Alles im Leben war Behauptung, und Alexander zog es vor, weniger der Triebhaftigkeit des Augenblicks nachzugehen als vielmehr dem Zauber der Erinnerung an einen Spätnachmittag auf den weißen Ledersitzen eines roten Borgward Isabella, der sich in die Wümme-Niederung verirrte.

So sehr hatte er diesen Zauber verinnerlicht, dass er ihn seinerseits auszuleben begann, noch bevor ihn die im Übrigen spärlichen Erzählungen seines Vaters zu den Anfängen führten. Seine ersten Liebeserfahrungen jedenfalls machte Alexander in einem Kastenwagen von Renault, der seiner Englischlehrerin gehörte.

3

Alles stimmte, angefangen mit dem Namen, dem Namen von Sid Mohammeds Frau: Amina. Das bedeutete «die Zuverlässige», «die Treue», «die Redliche». Amina, wobei die Betonung auf der zweiten Silbe lag und das «i» lang gesprochen wurde: A-*mii*-na. Alexander ließ die Buchstaben über die Zunge gleiten wie ein Versprechen und staunte über die Weitsicht der beiden. Sie hatten sich den schönsten Platz am Ufer der Lesum ausgesucht, deren schlammige Fluten von einem Deich begrenzt wurden. Dort, wo bis vor kurzem ein Yachtklub gewesen war, gleich neben der selten genutzten Mole, verwandelte sich das ehemalige Vereinshaus in ein arabisches Restaurant. Äußerlich war es eher unscheinbar, ein rotes Backsteingebäude auf einer kleinen Anhöhe, das seine Geheimnisse erst offenbarte, nachdem der Besucher eingetreten war.

Sid Mohammed hatte das Grundstück zu einem vergleichsweise günstigen Preis erworben und die Mitglieder des Yachtklubs überredet, ihm und seiner Frau beim Ausbau zu helfen. Anfangs waren sie skeptisch, aber nachdem Amina für sie gekocht hatte, änderten sie ihre Meinung – unter der Bedingung, dass während der Bauarbeiten für die Verpflegung gesorgt würde. Es wurde ein großes Ereignis, schon in dieser frühen Phase. Amina war eine Verheißung, und wer einmal von ihren göttlichen Speisen gekostet hatte, wurde ein bekehrter Jünger. Mundfaule Norddeutsche, die mehr als drei Worte pro Stunde gemeinhin für Geschwätz halten, verwandelten sich über Nacht in sinnenfreudige Feinschmecker. Sie konnten stundenlang über die Soßen philosophieren, mit denen Amina ihre Lammfilets anrichtete.

In jenem Sommer entstand am Deich in Lesum neues Leben, geboren aus dem Mysterium der Kochkünste Aminas, die höflich alle Fragen nach den Rezepten überhörte. Allein die Art und Weise, wie sie den marokkanischen Pfefferminztee zubereitete, mit taufrischer Minze, einem Hauch Kardamom oder Zimt sowie einigen süßen Mandeln, die sich um die Minzblätter verteilten, serviert in kleinen, mit Blumenmotiven verzierten Teegläsern, war eine Offenbarung. Nach diesem *Schai Nana* spürte auch der übellaunigste Gast, dass seine Stimmung sich besserte, er freundlich wurde und sanftmütig. Anfangs glaubte Alexander, Amina würde ihren Speisen und Getränken ein wenig marokkanischen Hanf beimischen, um auf diese Weise das allgemeine Wohlbefinden zu steigern. Aber das war nicht der Fall. So einfach war ihr Geheimnis nicht zu ergründen.

Alexander pilgerte regelmäßig zu der neuen Kultstätte, vor allem in der Hoffnung, Jasmina anzutreffen. Sie aber beachtete ihn nicht weiter, half ihrer Mutter mit stoischem Gleichmut in der improvisierten Küche und sagte «Guten Tag», wenn sie ihn sah, was sie allerdings zu jedem sagte, in demselben unbeteiligten Ton. Gewandt bewegte Jasmina sich hin und her, sie wusste genau, was zu tun war. Dennoch erschien es Alexander, als ginge sie das alles nichts an. Jasminas Mutter lächelte, sobald Sid Mohammed seinen neuen Freund überschwänglich in Empfang nahm, und ihr Lächeln verriet ihm, dass sie ihn für einen ebenso freundlichen wie unbedarften jungen Mann hielt.

«Alexander! Wie geht es dir?» Sid Mohammed war schnell dazu übergegangen, ihn zu duzen. Meistens nahm er ihn bei der Begrüßung in den Arm und gab ihm einen arabischen Bruderkuss auf die rechte und die linke Wange. Wenn er besonders guter Laune war, ergriff er Alexanders Hand und flanierte mit ihm über den Deich. Das sei im Orient nichts Ungewöhnliches, erklärte ihm Sid Mohammed. Ein Ausdruck von Freundschaft und Sympathie, mehr nicht. Alexander hatte gleichwohl Angst, Jasmina könnte ihn für schwul halten. Er wusste nichts von Sid Mohammed, seiner Herkunft und seiner Familie. Aber er fühlte sich unerklärlicherweise zu ihm hingezogen – wie von magischer Hand.

Alexanders Vater, der den Bremer Großmarkt leitete, hatte ihm erzählt, dass der Yachtklub das Vereinsgelände verkaufen wollte. Daraufhin hatte Alexander den Kontakt hergestellt, und Sid Mohammed war mit dem Preis einverstanden gewesen. Er versuchte gar nicht erst zu handeln, was Alexander sehr verwunderlich fand. Waren nicht gerade Araber geübt im Feilschen? Lebte der Basar nicht vom Handel? Sid Mohammed nickte und zahlte. Offenbar stammte er aus vermögenden Verhältnissen, und Geld spielte keine Rolle für ihn.

«Ziehe bitte keine voreiligen Schlüsse», hatte Sid Mohammed gesagt. «Der einzige Reichtum, über den wir verfügen, ist unsere Erinnerung. Die Hoffnung, die sich wie durch ein Wunder erfüllt. Dass es Licht gibt am Ende dieser finsteren Nacht, die dir die Kehle zuschnürt und den Atem nimmt, bis du zu sterben glaubst.»

Manchmal sagte er geheimnisvolle Sätze wie diese, die schön waren, obwohl sie vom Schrecken handelten. Doch sobald ihn Alexander nach Einzelheiten fragte, wurde Sid

Mohammed wortkarg. Dafür sei die Zeit noch nicht reif. Und außerdem «brauche ich die Sicherheit, dass du wirklich der Sohn bist, für den ich dich halte». Solche Worte hatte Alexander noch nie gehört, und sie schmeichelten ihm. Mehr noch, er fühlte sich verpflichtet, Sid Mohammeds Erwartungen zu entsprechen. Und natürlich hoffte Alexander, dass sich die Zuneigung von Jasminas Vater im Laufe der Zeit auch auf sie selbst übertrug, sie ihm wenigstens signalisierte, dass es ihn gab.

«Erzähle mir von dir, Alexander. Du bist jung, du hast das Leben noch vor dir. Wie Jasmina. Was sind deine Pläne?»

Pläne hatte er nicht wirklich, er vertraute darauf, dass er seinen Platz im Leben finden würde. Nach dem Abitur hatte er erst einmal eine lange Reise gemacht, durch Amerika, Australien und Asien. Dabei lernte er eine gewisse Gelassenheit, vor allem in Asien. Er verstand, dass nicht alles im Leben, dass nicht jeder Tag zu planen oder einem Kalkül zu unterwerfen war. Manchmal geschahen Dinge, die schön sein konnten oder schrecklich und alles in Frage stellten, was zuvor als richtig galt. Er lernte Arme kennen, die ihr Essen mit ihm teilten, und Reiche, die sich mit Hunden und Wachdiensten umgaben. Er traf Frauen, die sich verkauften, und solche, die ihm ihr Herz schenkten. Er versuchte, die fremden Kulturen zu verstehen, und schrieb auf, was ihm gefiel. Alexander beschloss, in seinem Leben nicht über Leichen zu gehen.

Über ein Jahr war er unterwegs, zweimal wurde er überfallen, wiederholt wurde er krank. Doch immer wieder gab es Menschen, die ihm halfen, und diese Erfahrung prägte ihn. Gute Menschen begegneten guten Menschen. Das hatte er oft gehört, in ganz verschiedenen Ländern. Und er verstand, dass es tatsächlich so war. Nach seiner Rückkehr begann er, Geowissenschaften zu studieren, in Bremen. «Weil ich wissen möchte, was die Welt im Innersten zusammenhält», sagte er gern.

Natürlich hatte Alexander darüber nachgedacht, woanders zu studieren. Aber er hatte das Gefühl, dass seine Eltern ihn brauchten. Allein kamen sie nicht mehr miteinander aus. So konnte er, wenn er auch inzwischen im Steintor-Viertel wohnte, im Stadtzentrum, gelegentlich zu Hause vorbeischauen. Und er hatte nachgedacht über das Glück.

«Am Ende meiner Reise kam ich nach Syrien, nach Damaskus», erzählte er Sid Mohammed. «Dort, in der Altstadt, gleich neben den Mauern der mächtigen Omajjaden-Moschee, gibt es ein kleines Café. Jeden Abend füllte es sich mit jungen und alten Menschen, Männern wie Frauen. Sie wollten einem stadtbekannten Geschichtenerzähler zuhören. Es war ein großer, stattlicher Mann, vielleicht um die Siebzig, und sein Gesicht bestand im Wesentlichen aus einem langen grauen Bart, der ihm bis auf die Brust reichte. Wenn er kam, trank er einen Tee und bestellte eine Wasserpfeife. Danach setzte er sich auf einen Tisch und erzählte wortgewaltig von Liebe und Leidenschaft, von Treue und Verrat, von Abenteuern und dem richtigen Leben. Ich verstehe kein Arabisch, aber die Gäste haben mir seine Geschichten übersetzt. Außerdem hat er sie so anschaulich und gestenreich vorgetragen, dass ich am Tonfall ungefähr ermessen konnte, worum es gerade gehen mochte. Eines Abends kamen wir ins Gespräch, er konnte ein wenig Englisch. Der Mann war ein erfolgreicher Händler gewesen. Er hatte Geld und Einfluss. Aber das alles, sagte er, sei ohne Wert. Seine beiden Söhne seien nutzlose Müßiggänger, und seine Frau habe sich nur noch für Empfänge und Galadiners interessiert. Da habe er sich von ihr scheiden lassen. Als er sich dann in seinem Haus umsah, stellte er fest, dass ihm nichts geblieben war von den Träumen seiner Jugend. Gewiss, er besitze Vermögen. Aber für ihn zähle allein, was Kopf und Herz bewege. Nur das sei von Bestand, alles andere flüchtig und nicht von Dauer. Das letzte Hemd habe nun mal keine Taschen. Und so sei er, ein zunehmend unglücklicher Alter, auf die Idee gekommen, all die Geschichten zu erzählen, die er im Laufe seines Lebens gehört hatte, während er in seinem Geschäft saß und die Kunden stundenlang mit ihm redeten, wie im Basar üblich. An meinem letzten Abend in Damaskus fragte ich ihn, was für ihn Glück bedeute. Er sagte: ‹Glück kann alles sein und nichts. Eine Zahl, ein Geruch, ein Spiel. Ein Gesicht. Ein Lächeln. Für mich ist Glück, in meinem Garten unbegrenzte Weite zu atmen.›»

Sid Mohammed lächelte, als er diese Worte hörte. «Wir werden uns gut verstehen, Alexander», sagte er. «Du und ich und der Rest der Familie.»

4

Die Generalprobe vor Eröffnung des Restaurants führte Alexander und Jasmina erstmals näher zusammen. Sid Mohammed hatte mehrere arabische Küchenhilfen eingestellt, die er in einem Heim für Asylsuchende anwarb. Tatsächlich war Sid Mohammed die treibende Kraft des ganzen Unternehmens, aber ohne Amina wäre er gescheitert. Ihre Rollenverteilung konnte klarer nicht sein. Amina war die Herrin der Küche, Sid Mohammed zuständig für das große Ganze. Er sorgte für die geeigneten Rahmenbedingungen, damit seine Frau ihr Talent voll entfalten konnte. Und das tat er weniger aus Pflicht als vielmehr aus Liebe. Die beiden erinnerten Alexander an zwei Schwäne, die mit ihrer übergroßen Nähe der Angst begegneten, auf schwarzem Wasser die Orientierung zu verlieren. Sid Mohammed und Amina waren die rechte und die linke Hand desselben Körpers, derselben Seele und desselben Geistes. Selbst wenn sie sich stritten oder einmal unterschiedlicher Meinung waren, gingen sie respektvoll miteinander um. Nur Jasmina wirkte daneben verloren, wobei diese Verlorenheit vermutlich weniger an ihren Eltern lag. Alexander hatte eher den Eindruck, dass auch sie ihren Platz im Leben noch suchte und nicht wusste, welchen Weg sie einschlagen sollte.

Amina ging vollständig in ihrer Arbeit auf und schien von einem unerschütterlichen Optimismus beseelt zu sein. In der Küche bewegte sie sich federleicht, wie eine Ballerina. Alles, was sie tat, war Teil einer Kochkunst, die mehr noch eine Lebenskunst war. Sie brauchte keine Kochbücher, sie verließ sich auf ihr Gespür und ihre Erfahrung. Hähnchen beispielsweise tauchte sie gern in eine würzige Marinade aus Knoblauch und gestoßenen Chilischoten, aus Salz und Pfeffer, Olivenöl und mildem Paprikapulver, aus Basilikum und Koriander, ließ die Flüssigkeit einziehen und grillte das Geflügel anschließend bei mittlerer Hitze. Das Fleisch zerging auf der Zunge und schmeckte nach Orient und Basar, nach Geheimnis und Versprechen. Aus den schlichtesten Zutaten komponierte Amina eine Symphonie für die Sinne, verwandelte Geflügel, Fisch oder Lammfleisch, Obst und Gemüse in Kompositionen, die an die Stillleben der frühen niederländischen Maler erinnerten.

Wenn Alexander sie in der Küche tänzeln sah, wurde er bisweilen melancholisch. Er wünschte, seine Mutter hätte ihr Leben mit derselben Entschlossenheit in die Hand genommen wie Amina, und er wünschte, sein Vater hätte seiner Mutter dieselbe Aufmerksamkeit gewidmet wie Sid Mohammed seiner Frau. Er wünschte, die beiden könnten die Zeit zurückdrehen bis zu ihrem Ausflug in die Wümme-Niederung, dem er sein Leben verdankte. Zurück zu jenen Anfängen, als die Zukunft noch vor ihnen lag, ein grenzenloser blauer Himmel mit weißen Kondensstreifen.

Alexanders Vater war als Leiter des Bremer Großmarkts Herr über Blumen, Obst und Gemüse, das im Überseehafen umgeschlagen wurde. Die Arbeit lag ihm, er konnte gut organisieren und behielt auch in schwierigen Situationen den Überblick. Zu Hause allerdings waren die Dinge längst außer Kontrolle. Nur selten gelang es ihm, den Dreck des Tages hinter sich zu lassen, die Intrigen und Lügen, mit denen er sich auseinandersetzen musste. Oft genug sprach er davon, alles hinzuwerfen, aber es blieb bei der Ankündigung.

Ein klassischer Auftritt seines Vaters im Wintergarten, wie so häufig erlebt, kurz vor Sonnenuntergang:

«Liebling, bleib sitzen. Es war ein scheußlicher Tag. Sei froh, dass du nichts mit diesem Irrsinn zu tun hast. Was hast du heute Schönes gemacht?»

Mutter (im Sessel sitzend, den Blick auf die Wiesen- und Weidelandschaft gerichtet, die sich fast einen Kilometer bis zum Deich erstreckte, von wo es, wendete man sich nach rechts, keine zweihundert Meter bis zu Aminas Restaurant waren): «Ich habe schon gegessen. Es ist noch Suppe in der Küche.»

Vater: «Danke, Schatz. Ich hab auch schon gegessen.»

Mutter: «Warst du wieder mit diesem Flittchen unterwegs?»

Vater (genervt): «Eva, wie oft soll ich es dir noch sagen. Frau Meißner ist meine Sekretärin, sie ist gut und verlässlich, und gelegentlich gehen wir zusammen essen. Sie, ich, die übrigen Mitarbeiter. Ist das so schwer zu verstehen?»

Mutter (erhebt sich missmutig aus dem Sessel): «Glaubst du wirklich, du kannst mich für dumm verkaufen? Ich sehe doch, wie deine Augen glänzen, wenn du mit ihr telefonierst.»

Vater (das Gesicht zunehmend versteinert): «Ist es dir lieber, wenn ich sie anbrülle?»

Mutter (fassungslos): «Ach, Volker, tu doch nicht so scheinheilig! Für wie dumm hältst du mich eigentlich?»

Vater (geneigt, eine ehrliche Antwort zu geben): «Es ist jeden Abend dasselbe. Ich kann machen, was ich will. Du gibst mir keine Chance. Alles, was ich sage, ist falsch. Und wenn ich mit dir was unternehmen möchte, bist du müde oder hast keine Lust. Manchmal frage ich mich, warum wir uns das alles antun.»

Mutter (triumphierend): «Wenn es dir hier nicht gefällt, dann geh doch. Frau Meißner hat bestimmt eine wunderschöne Einzimmerwohnung mit Blick auf die Autobahn. Aber das kann dir glücklicherweise egal sein. Du brauchst das Bett ja sowieso nur zum Schlafen.»

Alexanders Mutter hatte ihr Studium abgebrochen und machte dafür ihren Mann verantwortlich. Einmal fragte Alexander sie, was sie eigentlich daran hindere, ihren Abschluss nachzuholen. «Es ist zu spät!», rief sie verzweifelt. «Es ist zu spät.» Ihr Sohn dagegen fand, es sei nie zu spät, aber vermutlich fehlte es ihr an Selbstvertrauen. Das sagte er natürlich nicht. Es machte ihn nur traurig. Seine Eltern wohnten in einem alten Niedersachsenhaus am Deichweg, reetgedeckt und mit der Inschrift versehen: «Der Segen Gottes wohne in und über diesem Hause und in uns allen die darin wohnen. Den 12. Juli 1748». Zwei hölzerne Pferdeköpfe zierten den über das Dach hinaus verlängerten Giebel. Eine Art Glücksbringer und Talisman, der bei seinen Eltern aber nicht verfing. Seine Mutter hatte das Haus geschmackvoll eingerichtet und einen wunderbaren Garten angelegt, der zum Flanieren und Träumen einlud. Büsche und Bäume hatte sie gepflanzt, einen Teich angelegt und Blumenbeete mit geometrischen Mustern in Form von Sternenbildern. Seine Mutter besaß so viel Phantasie und Tatkraft, wenn sie nur wollte.

Wie ganz anders dagegen waren Amina und Sid Mohammed. Sie hatten das leerstehende ehemalige Pfarrhaus hinter der Lesumer Kirche gemietet, das von der Straße her gut einzusehen war. Im Vorbeigehen warf Alexander oft einen verstohlenen Blick in die Wohnung, in der Hoffnung, Jasmina in der Küche oder im Wohnzimmer zu sehen. Wenn er tatsächlich ihre Silhouette erblickte, spürte er, wie sein Herz schneller zu schlagen begann.

Inzwischen waren die Umbauarbeiten abgeschlossen, und das «Amina» konnte seine ersten Gäste empfangen. Zunächst gelangte man in das Foyer. Es war dämmrig, von der Decke hingen zwei Kandelaber mit Kerzen. In die linke Wand war eine steinerne Sitzbank eingelassen, auf der ein schmaler roter Teppich und zahlreiche Sitzkissen in verschiedenen Farbtönen und orientalischen Mustern lagen. Davor standen mehrere kleine runde Schemel aus Holz, darauf Tabletts aus Messing mit zahlreichen Gravuren und arabischen Schriftzügen. Gegenüber war die Theke, an der Stirnseite führte eine Treppe hinauf in das Restaurant. Sid Mohammed hatte die Idee, dass Jasmina jeden Gast in Empfang nehmen, ihn zur Sitzbank geleiten und ein Willkommensgetränk reichen sollte. Entweder ein Glas Sekt, wahlweise pur oder mit einem Aprikosenextrakt, oder aber *Schai Nana,* den süßen marokkanischen Pfefferminztee. Anschließend würde Sid Mohammed den Gast in das eigentliche Restaurant hinaufführen, einen großen Saal, in dem bis zu einhundertzwanzig Gäste sitzen konnten.

An den Wänden standen Vitrinen, in denen Krummdolche, Schmuck, modische Accessoires aus arabischen Ländern und Bücher nordafrikanischer Schriftsteller in deutscher Übersetzung ausgestellt waren. Die braunen Tische und Stühle erinnerten Alexander an Pariser Bars aus den zwanziger oder dreißiger Jahren, wie er sie auf historischen Fotografien gesehen hatte. Weiße Tischdecken verliehen dem Raum zusätzliche Eleganz. Das cremefarbene Geschirr zeugte ebenso wie die eleganten Riedel-Gläser von einem exklusiven Geschmack. Auf den Tischen waren safrangelbe Linsen ausgestreut und ergossen sich in phantasievollen Mustern, in der Mitte stand jeweils eine rote Rose in einer Kristallvase. Von der Decke hingen mehrere Lampen aus Marokko, rot, grün und blau, Kombinationen aus dünnem Messing und Glas, rechteckig wie Erkerfenster. Sie gaben ein diffuses Licht, das eine angenehme, intime Atmosphäre verbreitete.

Alexander spielte den Probegast, der von Jasmina empfangen werden sollte. Später verriet ihm Sid Mohammed, dass er an diesem Tag erkannt habe, was Alexander für seine Tochter empfände. Alexander betrat also das Foyer, blickte in Jasminas mandelbraune Augen, in denen sich das Kerzenlicht spiegelte, und spürte, wie er unsicher wurde. «Sind Sie allein oder zu zweit?», fragte Jasmina. «Ich bin … ehrlich gesagt … also, allein.»

Sie führte ihn zur Sitzbank und fragte nach seinem Getränkewunsch, auf Kosten des Hauses. Ihm war es egal, und aus Versehen sagte er: «Sekt mit Pfefferminztee.»

Jasmina runzelte die Stirn und reichte ihm einen Tee.

«Wollen Sie sich setzen?», fragte er.

«Ich muss arbeiten», erwiderte sie kühl.

«Ja, natürlich. Ich dachte nur, dass Sie möglicherweise Zeit und Lust hätten …»

Jasminas Gesichtszüge verdunkelten sich, und sie fiel ihm ins Wort. «Verdammt noch mal, ich kann doch nicht mit jedem Schwachkopf flirten», sagte sie wütend, an ihren Vater gewandt. «Das halte ich nicht aus!»

Der Satz traf Alexander mitten ins Herz. Er versuchte, sich einzureden, dass sie nicht ihn persönlich meinte. Sid Mohammed beruhigte sie und betonte, es gehe allein um Höflichkeit und Professionalität, nichts weiter. Doch die kleine, harmlose Frage hatte offenbar an eine alte Wunde gerührt. Sie nahm ein Glas, warf es zu Boden und redete mit ihrem Vater auf Arabisch, erregt und aufgebracht. Alexander verstand nichts. Er hatte das Gefühl, dass ihr die Rolle nicht behagte, die sie spielen sollte. Vielleicht war ihr das ganze Restaurant nicht geheuer, in dem sich zwei Welten trafen. Endlich schien sich Jasmina zwar zu beruhigen, nachdem Sid Mohammed auf sie eingeredet hatte, doch sie verließ das Foyer und lief in Richtung Deich. Alexander blickte ihren Vater an. Der nickte. Er folgte Jasmina und entschuldigte sich für sein Auftreten. Er habe sie nicht bedrängen oder gar verletzen wollen.

Sie sah ihn von der Seite an, und er bildete sich ein, dass sie ganz kurz lächelte.

Ihr Wutanfall habe nichts mit ihm zu tun, sagte sie.

Womit dann?

«Das ist eine lange Geschichte, Alexander. Sie hat weder Anfang noch Ende. Sie kommt aus dem Nirgendwo, und sie führt ins Nirgendwo. Wir sind menschliches Treibgut. Mein Vater hat einen Traum, den er sich mit diesem Restaurant erfüllt. Aber ich teile diesen Traum nicht.»

«Willst du mir diese Geschichte nicht erzählen?»

«Ich weiß nicht. Vielleicht ein anderes Mal. Wie kommt es eigentlich, dass du dich so sehr für meinen Vater interessierst?»

«Ich mag deine ganze Familie.» Alexander spürte, wie er rot wurde. «Dein Vater hat eine sehr ruhige und gleichzeitig entschlossene Art. Das gefällt mir, diese Mischung.»

«Was machst du eigentlich? Studierst du?»

«Ja. Geowissenschaften. Nächstes Jahr bin ich fertig.»

«Vater sagt, ich solle auch studieren. Am liebsten wäre ihm Germanistik.»

«Und dir?»

«Ich weiß nicht. Ich bin in Marokko geboren, hier bin ich fremd. Ich weiß nicht, was ich von Deutschland halten soll.»

«Du sprichst sehr gut Deutsch.»

«Mein Vater war Deutschlehrer. In Marrakesch. Er hat mit mir Arabisch und Deutsch gesprochen. Französisch habe ich erst in der Schule gelernt, obwohl es in Marokko die wichtigste Sprache neben Arabisch ist.»

Mit jeder Antwort, die sie gab, entstanden neue Fragen. Doch Alexander wollte sie nicht bedrängen. «Magst du nicht im Restaurant arbeiten?»

«Doch, schon», sagte sie. «Ich habe nur Angst, dass ich ausfallend werde, wenn mich jemand dumm anquatscht.»

Er überlegte. «Soll ich deinen Vater fragen, ob ich mit dir zusammen die Gäste im Foyer empfangen darf?»

«Das ist eine gute Idee, Alexander! Wir könnten so tun, als seien wir ein Paar. Mir würde das alles sehr erleichtern. Ich mag es nicht, wenn Männer glauben, ich sei noch zu haben.»

«Kann ich gut verstehen. Ich würde auch keinem Mann trauen, wenn ich du wäre.»

«Dir auch nicht?»

«Das ist auch eine lange Geschichte, Jasmina.»

5

Alexanders Eltern waren erstaunt, dass ihr Sohn sich so für das Restaurant in ihrer Nachbarschaft interessierte und dort sogar einen Job angenommen hatte, der weit hinter seinen Möglichkeiten zu liegen schien. Sein Vater suchte durch beiläufig eingestreute Fragen zu erfahren, ob er möglicherweise mit dem Gedanken spiele, sein Studium abzubrechen. Alexanders Sympathien für andere Kulturen erschienen ihm ohnehin allzu idealistisch und verträumt. Für ihn zählten allein Bilanzen und die richtigen Kontakte. Er machte sich Sorgen, sein Sohn könnte beruflich in einer Sackgasse landen. Auch wenn er mit Wohlwollen Alexanders Verantwortungsbewusstsein gegenüber anderen, ihm unbekannten und fremden Menschen registrierte, so wusste er doch, dass Anteilnahme, Nächstenliebe und Solidarität keine Tugenden waren, die sich rechneten. «Wir alle brauchen gute Menschen, um uns an ihnen zu wärmen», pflegte er zu sagen. «Am Ende aber sind sie immer die Verlierer.»

Alexanders Mutter hingegen war in erster Linie erfreut, dass sich ihr Sohn nunmehr regelmäßiger zu Hause einfinden würde. Als er seine Eltern zur Eröffnung von Aminas Restaurant einlud, sagte sie nur: «Ach, mein Junge, wie schön», und küsste ihn auf die Stirn, was er beides etwas übertrieben fand.

Seine Mutter war es auch, die Alexanders eigentliche Beweggründe sofort erkannte. Als Jasmina und er seine Eltern im Foyer in Empfang nahmen, sah sie erst Jasmina lange und aufmerksam an, dann warf sie einen forschenden Blick auf ihren Sohn und nickte.

«Warum hast du uns denn nichts von deiner neuen Freundin erzählt?», fragte sie ihn leise, während Jasmina sich anderen Gästen zuwandte.

«Er ist eben sehr diskret», bemerkte sein Vater anerkennend.

«Dann nimm dir mal an deinem Sohn ein Beispiel», bekam er zur Antwort.

«Ich habe doch gar nichts gesagt!»

Alexander gab seinem Vater schnell ein zweites Glas Sekt, damit er sich wieder beruhigte. Da erschien Sid Mohammed und geleitete Alexanders Eltern an ihren Tisch. Den besten selbstverständlich, ein wenig abseits mit einem unverstellten Erkerblick auf die Lesum.

Die Eröffnung geriet nicht eben spektakulär, gerade die Hälfte der Plätze war besetzt. Die meisten Gäste waren Mitglieder des ehemaligen Yachtklubs. In einem ruhigen Augenblick ging Alexander nach oben ins Restaurant und fand Sid Mohammed im Gespräch mit seinen Eltern. Gerade war die Vorspeisenplatte aufgetragen worden: gebratene Auberginen und Sesampaste, eine scharfe rote Soße, *Harissa* genannt, eine kleine Schale Joghurtsuppe mit Kichererbsen und Hackfleisch, eingelegte Sardellen, die nach Öl und Meer schmeckten, ein sämiger Ziegenkäse, der auf der Zunge zerging, Lammsalami in dünnen Scheiben und, als süßer Kontrast, gefüllte Datteln mit Rosenwasser und Pistazienkernen.

Während die übrigen Gäste bereits in Gespräche vertieft waren, ausgelöst durch die Geheimnisse von Aminas Küche, redete Alexanders Vater Sid Mohammed ins Gewissen, er müsse seine Geschäftsidee überdenken. Ein Restaurant für den gehobenen Geschmack, anspruchsvoll bis ins kleinste Detail, exotisch und gewöhnungsbedürftig – ein schlichtes Fischrestaurant würde den Ansprüchen der Lesumer vollkommen genügen. Aber Haute Cuisine, hier, am Deich? Würde ein geschäftstüchtiger Unternehmer in Marokko auf die Idee kommen, Schiffe in der Wüste zu bauen?

«Gewiss nicht», entgegnete Sid Mohammed. «Wer aber in der Wüste Schiffe baut, hat einen Traum, der stärker ist als das Meer.»

Die Ansichten seines Vaters schienen bei Alexanders Mutter den gegenteiligen Reflex auszulösen: Sie begann jetzt, erst recht zu essen. Das Einzige, was sie mit Marokko verband, war der Film *Casablanca,* arabisch gegessen hatte sie noch nie. Was sie nicht kannte, bereitete ihr üblicherweise Unbehagen. Nun aber sah Alexander, wie sie voller Neugier die Speisen vor sich studierte. Sie tunkte das frisch gebackene, noch warme Fladenbrot in die *Harissa* – ein böser Fehler, sie war wirklich sehr scharf. Tapfer schluckte sie den Bissen hinunter, trank einen Schluck Wasser, nahm, vorsichtig geworden, ein Stück Lammsalami. Dann fasste sie Vertrauen und probierte als Nächstes die Joghurtsuppe, die Auberginen, die Sesampaste.

«Versuch einmal, nicht zu denken, Volker. Iss einfach», sagte sie.

Sein Vater aber, so hatte Alexander den Eindruck, suchte den verborgenen Hintersinn von Sid Mohammeds Worten zu ergründen. Was, wenn dieser Mann eine zwar ungewöhnliche, doch langfristig erfolgreiche Geschäftsidee verwirklicht hätte?

Alexander kannte sämtliche Speisen, die das «Amina» anbot. Als Testesser hatte er alles einmal probieren dürfen und seine Meinung kundgetan. Amina hielt ihn nach wie vor für etwas unbedarft. Doch ihren Respekt gewann Alexander durch seine nüchternen und sachlichen Kommentare über die Schärfe des einen oder anderen Gerichts oder den möglicherweise zu starken Knoblauchgeschmack, der den durchschnittlichen norddeutschen Esser überfordern könnte. Er mochte Aminas Küche und bewunderte ihre Fähigkeiten. Ohne Ende konnte er darin schwelgen, angefangen mit der Optik der Speisen, ihren kunstvollen, nie aufdringlichen Arrangements in den stets richtig dosierten Mengen, bis hin zu dem unvergleichlichen Geschmack, der noch über Stunden nachwirkte. Das alles wusste er zu loben und zu würdigen. Allerdings – und darüber wunderte er sich selbst am meisten – verwandelten ihn Aminas Gerichte in keiner Weise, lösten in ihm nicht jene erstaunliche Metamorphose aus, die nunmehr offenbar auch seine Eltern und die übrigen Gäste erlebten.

Auf seine Empfehlung hin hatte sein Vater Couscous mit Lamm und Trockenfrüchten bestellt, seine Mutter Nilbarsch mit getrockneten Limetten. Es war schlicht unglaublich! Vor lauter Überraschung setzte Alexander sich leise an einen etwas entfernten Tisch und traute kaum seinen Ohren.

Gerade gestand sein Vater seiner Mutter, dass er selbst die Handbremse des roten Borgward Isabella manipuliert habe, um ihr «zu imponieren». Seine Mutter erwiderte daraufhin, dass es für sie damals in der Wümme-Niederung keinesfalls das erste Mal gewesen sei, wie stets mit Nachdruck behauptet. Vielmehr habe sie gerade eine Abtreibung hinter sich gehabt.

Prima, dachte Alexander, dass es mich nicht erwischt hat.

Dann bekannte sein Vater, dass er Frau Meißner, seiner Sekretärin, in der Tat schon «mit lustvollen Gedanken» begegnet sei, doch habe er seine Phantasien keinesfalls ausgelebt. Und seine Mutter betonte, dass zwischen Phantasie und Ausführung ihrer Auffassung nach kein nennenswerter moralischer Unterschied liege und sie daher wenig Anlass gesehen habe, dem Werben eines jüngeren Facharztes während ihres kürzlichen Wellness-Aufenthalts in Heiligendamm zu widerstehen.

Daraufhin räumte sein Vater ein, dass er geflunkert habe und Frau Meißner und er …

«Aber das macht doch nichts, Liebling.» Nun streichelte seine Mutter ihrem Gatten doch tatsächlich die Wange und fragte ihn, ob er nicht einmal von dem vorzüglichen Nilbarsch probieren wolle?

«Danke, mein Schatz, aber das passt wirklich nicht zu meinem phantastischen Lamm. Sag mal, woher haben die wohl die getrockneten Limetten?»

«Das ist ganz einfach. Die gibt es fertig zu kaufen. Wahrscheinlich bei dir im Großmarkt.»

Und so gurrten und turtelten sie vor sich hin, bis Sid Mohammed Alexander aufforderte, wieder ins Foyer zurückzukehren. Aber er ließ sich Zeit und lauschte auch den Gesprächen an den übrigen Tischen. Falls Amina ihren Gerichten eine Art Wahrheitsdroge beigemischt haben sollte, würde das Restaurant nicht überleben, insoweit gab er seinem Vater recht. Aber es stellte sich heraus, dass ihre Speisen auf die Gäste unterschiedlich wirkten. Die häufigste Reaktion war die Lust, zu reden und Geschichten zu erzählen, die in die eigene Vergangenheit zurückführten. Auch weniger erfreuliche Begebenheiten wurden nicht verschwiegen. Allerdings waren sie in Erzählungen eingebettet, die, bevölkert von gütigen Menschen, Trost und Vergebung spendeten.

Dann waren da noch die auf boshafte Weise Toleranten, die sich wie Alexanders Eltern mit Charme und Esprit wappneten, um nicht von ihren eigenen Lebenslügen erschlagen zu werden. Dennoch waren sie erleichtert und froh, weil sie in Aminas Restaurant Worte fanden, die ihnen im Alltag unmöglich gewesen wären. Nicht zu vergessen die Selbstdarsteller. Sie redeten um des Redens willen, ohne Richtung und Ziel. Und die Phantasiebegabten, die sich ihre eigene Welt erschufen und dabei gelegentlich die Orientierung verloren im Labyrinth ihrer Träume. Schließlich die Gierigen, die zu kleine Portionen beklagten und fragten, warum es kein Schweinefleisch gebe.

Warum aber war ausgerechnet er, Alexander, immun gegen Aminas kulinarische Versuchungen? Er konnte essen, was er wollte, und nichts geschah. Als er wieder an seinem Platz im Foyer stand, fragte er Jasmina, wie sie sich das erkläre.

«Das heißt, du kannst nicht lieben», flüsterte sie ihm ins Ohr, während er gerade eine Flasche Sekt entkorkte.

Es hörte sich an wie sein Todesurteil.

«Im Grunde», fuhr sie fort, «macht meine Mutter aus dem Leben ein Fest, ein Fest für die Sinne. Einfache Zutaten verwandelt sie in eine Offenbarung. Sie könnte auch Malerin sein oder Architektin. In ihrem Herzen ist sie eine Künstlerin. Eine Zauberin. Essen ist Leben, und sie fordert dich auf, es anzunehmen. Darin liegt ihre Berufung. Menschen zu helfen, sich selbst zu finden. Auf die innere Stimme zu hören.»

«Möglicherweise entstehen dabei Tragödien.»

«Möglicherweise sind wir morgen tot.»

«Du irrst dich. Ich kann lieben.»

«Ich mag deine Nähe, Alexander, auch deine Art. Aber für dich bin ich ein Traum, ein exotischer Traum, nicht wahr? Das reicht mir aber nicht.»

Alexander spürte, wie sein Gesicht rot anlief, zum zweiten Mal in ihrer Gegenwart. Er stand da wie nackt.

«Bei dir passiert doch auch nichts, wenn du die Sachen isst, die deine Mutter gekocht hat.»

«Ich esse sie sehr gerne, aber ich bin wie du.»

«Ohne Herz?»

Jasmina lächelte.

6

Immer wieder hatte Alexander Sid Mohammed bedrängt, aus seinem Leben zu erzählen. Eines Abends, als die letzten Gäste gegangen waren und die Küchenhilfen die Abfälle vor die Tür getragen hatten, sagte dieser: «Gut, fangen wir vorne an.» Er öffnete eine Flasche Rotwein und schenkte ihnen beiden ein. Amina deckte die Tische für den nächsten Abend, und Jasmina stand unentschlossen im Türrahmen, hörte zu und wandte sich doch immer wieder ab, um ihrer Mutter zu helfen.

«Es war einmal ein junger Mann in Marrakesch, der unter dem Gefühl litt, dass ihm das Leben zwischen den Fingern zerrann. Er hatte alle Bücher gelesen, die sein Vater ihm zu lesen gab. Der war Schreiber am Hof des Königs. Solche Schreiber gab es viele, allerdings führte dieser ein sorgenfreies Leben, weil er nur im Sommer zu tun hatte, wenn der König seinen Palast in Marrakesch besuchte. Dann musste der Vater Buch führen über die Würdenträger, die beim König ein- und ausgingen, ihre Anliegen aufnehmen und ihre Geschenke registrieren. Den Rest des Jahres verwaltete er seine Aufzeichnungen und Aktenvermerke und sorgte dafür, dass sie nicht einstaubten. Im Palast gab es eine große Bibliothek mit Büchern aus aller Herren Länder, die zum Teil sehr alt waren. Der Schreiber war ein eifriger Leser, und manchmal nahm er Bücher mit nach Hause, um sie seiner Frau und seinem kleinen Sohn zu zeigen und ihnen daraus vorzulesen. So führte er mit seiner Familie ein glückliches und zufriedenes Leben. Aus dem Sohn wurde ein junger Mann, der es nicht erwarten konnte, in die Welt der Abenteuer aufzubrechen, wie sie ihm die Geschichten aus den Büchern vor Augen geführt hatten. Doch bald schon musste er entdecken, dass nichts so war, wie seine Lektüre ihn glauben gemacht hatte.

Eines Tages, da war er gerade sechzehn, wurde sein Vater, der Schreiber, verhaftet und ins Gefängnis geworfen. Man klagte ihn an, Bücher aus dem Palast gestohlen zu haben. Der Vater beteuerte seine Unschuld, und in der Tat hatte er nie auch nur ein einziges Buch entwendet. Er wusste nichts von seinem Widersacher, einem einflussreichen Tuchhändler und Großgrundbesitzer aus dem Nachbarviertel. Der wiederum war seinem Vetter gefällig, einem habgierigen und boshaften Mann, der Schreiber am Hof in Rabat werden wollte, in der Hauptstadt. Und dieser Vetter glaubte, er könne sein Ziel am leichtesten erreichen, wenn er seine Laufbahn als Schreiber in Marrakesch beginnen würde. Der Tuchhändler, den alle Leute im Viertel Abu Buchail, den ‹Vater des Geizes›, nannten, ersann also eine Intrige, bestach den Palastverwalter, damit er den Vater des jungen Mannes des Diebstahls bezichtigte.

Der junge Mann, der die Welt nur aus Büchern kannte, sattelte ein Pferd und ritt in die Oase Sarsura südöstlich von Marrakesch, die versteckt hinter den Bergen lag. In der Oase befand sich ein Gefängnis, das so gefürchtet war, dass niemand auch nur den Namen des Ortes in der Öffentlichkeit zu erwähnen wagte. Der junge Mann aber fürchtete sich nicht, da sein Kopf voll war mit Träumen und Phantasien und er keine Ahnung hatte von den Gefahren, die ihm drohten. Er beschloss, es Don Quichotte und seinem Knappen Sancho Pansa gleichzutun, wie er es in den Erzählungen des alten spanischen Meisters gelesen hatte.

Glaube nicht an die Wirklichkeit, folge stets der Stimme deines Herzens. So zog er vor das Gefängnistor und rief: ‹Heda, ich bin ein Ehrenmann aus Spanien, und das hier ist mein getreues Pferd Rosinante. Wenn ihr kein Gesindel seid, dann lasst mich zu meinem Vater, dem Schreiber Sid Allawi!›

Die Wärter aber hatten ihre Freude an dem unverhofften Besucher. Sie holten ihn in das Gefängnis und prügelten ihn grün und blau, bis er im Staub lag und sich kaum mehr rühren konnte. Sie schlachteten sein Pferd und gossen Fäkalien über ihn. Er musste den Hof mit einer Handbürste fegen, sieben Tage lang, und dabei ein Mantra singen, das nicht den neunundneunzig Namen Gottes gewidmet war, sondern einzig einem schlichten Verrat: ‹Der Wurm, der mich zeugte, wird in der Hölle vergehen.› Sobald er innehielt, hagelte es Schläge. Schließlich banden sie ihn auf einen Esel. ‹Heda, du treuer Esel, führe deinen neuen Herrn und Meister nach Marrakesch und erzähle jedem, dass er eine Warnung ist für alle!›, riefen sie zum Abschied.

Die Wirklichkeit machte dem jungen Mann schwer zu schaffen. Er wollte nicht glauben, was er gesehen und erlebt hatte, und redete sich ein, er habe lediglich ein schlechtes Buch gelesen. Da Sid Allawi nicht heimkehrte und es keine neuen Welten aus der Hofbibliothek gab, in die er flüchten konnte, blieb ihm nur noch ein letztes Buch zu lesen, das sein Vater zweifelsohne zurückgeben würde, sobald es seine Verpflichtungen erlaubten. Es war allerdings auf Deutsch, und der junge Mann beschloss, die Sprache zu erlernen. Wenigstens den Sinn wollte er erfassen, weil ihm eine innere Stimme sagte, das Buch könne helfen, seinen Vater zu verstehen. *Reise durch Marokko* war der Titel des Buches, aus der Feder von Gerhard Rohlfs, erschienen im Jahr 1868 …»

«Dem berühmten Afrikaforscher aus Vegesack, gleich hinter Lesum?»

«Unterbrich mich nicht, Alexander. Das ist sehr unhöflich und ein Tabu in meiner Heimat. Niemand unterbricht dort einen Geschichtenerzähler.»

«Entschuldigung, aber ich war auf dem Gerhard-Rohlfs-Gymnasium und habe Referate über ihn gehalten. Die *Reise durch Marokko* kenne ich, das war der Anfang. Anschließend hat er die Sahara von Nord nach Süd und von Ost nach West durchquert. Sid Mohammed, ist das denn möglich? Sollte es tatsächlich einen Zusammenhang geben zwischen dem Buch und diesem Restaurant?»

«Alles steht geschrieben, heißt es im Koran. *Maktub.* Jeder Mensch folgt einem verborgenen Plan. Er mag uns nicht einleuchten, aber er weist uns den Weg.»

«Ist das wahr? Ist das wirklich wahr? Von Marokko nach Bremen wegen eines alten Buches?»

«Du verstehst gar nichts, mein lieber Alexander. Denn du bist jung und ungeduldig. Aber wenn ich dir einen Rat geben darf: Das legt sich im Laufe der Zeit.»

7

Während Alexander und Jasmina im Foyer die Gäste empfingen, streifte ihre Hand hin und wieder die seine. Wenn das geschah, verwandelte sich der Raum, fuhr ein Stromstoß unter Alexanders Schädeldecke, und seine Handflächen wurden feucht. Jasmina tat so, als bemerke sie nichts von seinen Gefühlen, und sie blieb vor allem eins, distanziert. Alexander gewann zunehmend den Eindruck, sie stelle ihn auf die Probe und erwarte, dass er auf einem fliegenden Teppich fremde Länder für sie erobere, die fernen, unbekannten Regionen ihres eigenen Herzens. Sie kam ihm vor wie eine Schiffbrüchige, die auf dem Ozean trieb, mit großen Augen die Weite des Meeres abmessend. Vermutlich würde sie sich von keinem Schiff an Bord nehmen lassen, dessen Besatzung ihr nicht gefiel. Dabei wirkte sie nie überheblich, weder auf ihn noch auf die Gäste. Auch die Frauen bewunderten ihre schlanke Figur, die schulterlangen, fast pechschwarzen Haare, empfanden aber, das war sein Eindruck, nicht Neid, eher Neugier und das Bedürfnis, sie zu beschützen – vor Männern wie ihren eigenen. Alexander war noch nie einer Frau wie Jasmina begegnet, die gleichzeitig so viel Unnahbarkeit und Faszination ausstrahlt.

Die Nachricht von dem märchenhaften Restaurant in Lesum machte die Runde, und immer neue Gäste fanden ihren Weg dorthin, neugierig geworden von den Erzählungen ihrer Freunde, Nachbarn oder Verwandten. Dennoch lief das Geschäft eher schleppend. Am Freitag und

Samstag war das Restaurant gut gefüllt, in der übrigen Zeit aber wirkte das «Amina» verloren und fehl am Platze, eine Himmelstreppe in der Wüste. Sid Mohammed schien das alles nicht weiter anzufechten. Er blieb ein unerschütterlicher Optimist und setzte sich gern zu den Gästen, wenn das Restaurant schlecht besucht war. Mit der Leichtigkeit des geborenen Geschichtenerzählers entführte er auch sie in die Welt seiner Obsessionen, die stärker war als jede Realität, wie Alexander allmählich verstand. Er war fasziniert von Sid Mohammeds Fähigkeit, die Welt neu zu erfinden. «Es gibt Wörter», sagte der, «und es gibt Dinge, und niemals werden sie beide zusammenkommen.» Aber das stimmte nicht, wie Sid Mohammed selbst am besten wusste, denn er tat genau das: Mit Hilfe der Sprache erschuf er eine neue Wirklichkeit. Und so fuhr Sid Mohammed in seiner Erzählung fort.

«Es war einmal ein Buch, das handelte von einer Reise durch Marokko im neunzehnten Jahrhundert. Der Autor, Gerhard Rohlfs, beschrieb darin Menschen, die in den Basaren ihrem Tagwerk nachgingen, die Kupferschmiede, Färber, Seiler, Korbmacher, Tuchwarenhändler, Glasbläser, Gewürzverkäufer, Abdecker, die Farben und Gerüche einer Zeit, die jedem seinen Platz zuwies. Alles war geregelt, alles hatte seine Ordnung, und gnade Gott, wer sich dieser ewigen Ordnung widersetzte. Der Afrikareisende begegnete den Armen und Ausgestoßenen, den Schlangenbeschwörern und Vagabunden, die auf dem Marktplatz in Marrakesch ihr Auskommen fanden, er schloss sich Karawanen in der Wüste an und erfuhr, dass es sechsundfünfzig Tage dauerte, um vom Süden Marokkos bis nach Timbuktu zu gelangen. Er wurde eingeladen von vermögenden Händlern, die ihm mit Stolz ihre herrschaftlichen Anwesen zeigten, durch eine hohe Mauer vom lebhaften Treiben in den angrenzenden Gassen getrennt. Von außen waren sie nicht einzusehen, aber sobald der Besucher das Tor durchschritt, befand er sich in einer anderen Welt, in die der Lärm des Basars nur noch als fernes Echo drang. In den Innenhöfen gediehen Orangen-, Zitronen- und Feigenbäume, in denen Sperlinge, Meisen und Lerchen um die Wette sangen, begleitet vom sanften Rauschen der allgegenwärtigen Springbrunnen. Frauen bekam Gerhard Rohlfs in den Städten kaum zu Gesicht, und selten nur waren sie unverschleiert, aber die erotischen Geschichten aus den Harems, von denen schon in *Tausendundeiner Nacht* die Rede ist, dürften auch seine Phantasie beflügelt haben.

So paradiesisch die Zeiten erscheinen mögen, sie waren nicht minder beherrscht von Gewalt. Gerhard Rohlfs wurde das Opfer einer Intrige. Man warf ihm vor, ein deutscher Spion zu sein. Ein Kaufmann, dessen Einladung der Reisende nicht Folge leisten konnte, erhob diesen Vorwurf. Denn der Deutsche war tags zuvor Gast bei einem Widersacher des besagten Kaufmanns gewesen. Daraufhin hatte dieser eine List ersonnen. Er unterstellte ihm eine Verschwörung gegen den König und streute seine Anschuldigungen unter das Volk, wobei er dafür sorgte, dass auch dem Wali, dem Gouverneur von Marrakesch, die Gerüchte zu Ohren kamen. Der Deutsche wurde verhaftet und mit einer Vielzahl von Lügen konfrontiert. Die Verbündeten des Kaufmanns versuchten mit allen Mitteln, noch die harmlosesten Ereignisse so widersprüchlich wie nur möglich darzustellen – in der Hoffnung, ihn für immer im Gefängnis verschwinden zu lassen und auf diese Weise ihre eigene Position dem Wali gegenüber zu stärken.

Gerhard Rohlfs aber lehnte sich mit aller Kraft gegen die

absurden Vorwürfe auf und schickte Kassiber an Freunde und Förderer. Der Gouverneur wagte nicht, den Ausländer foltern und mundtot machen zu lassen, weil Deutschland ein unbekanntes und möglicherweise mächtiges Land war, das seine Truppen widrigenfalls nach Marrakesch entsenden könnte. Er hatte Angst, dass fremde Soldaten ihren Fuß auf den heiligen Boden seiner Heimat setzen und ihn beschmutzen würden, um der Herrschaft jener Bande von Schurken ein Ende zu bereiten. Einer Bande, zu deren vornehmsten Vertretern auch der Wali gehörte, wie Seine Eminenz selbst am besten wusste. Dessen übergroße Einfalt jedoch bescherte Gerhard Rohlfs nach einigen Wochen die für alle Zeiten verloren geglaubte Freiheit.

Wie ungebildet und furchtsam musste der Gouverneur sein, um ernsthaft anzunehmen, auf der anderen Seite des Mittelmeeres herrschten andere Regeln und Gesetze als unter der Tyrannei der Walis. Ist nicht diese Welt geeint in ihrer grausamen Einfachheit? Geht nicht allenthalben und quer durch die Jahrhunderte ein hohes Risiko ein, wer die Dinge auf eine ehrliche und einfache Art und Weise zu erklären sucht? Niemand bringt mehr den Mut auf, eigene Gedanken in klare Worte zu fassen. Es gibt zu viele Beweise dafür, dass Menschen nur deshalb ins Unglück gestürzt, verfolgt oder getötet werden, weil sie der Stimme ihres Herzens folgen und sich anständig verhalten.

Diese Einsichten waren dem Sohn Sid Allawis, des ehemaligen Schreibers am Königshof in Marrakesch, nicht gegeben. Er blätterte in dem Buch des Afrikaforschers, ohne es zu verstehen. Die Sprache nicht, den Sinn nicht, die Notwendigkeit, über die richtige Herkunft oder die erforderliche Ausbildung zu verfügen, den bestmöglichen Zeitpunkt abzuwarten. Geduld ist schön, heißt es im Koran. Aber der junge Mann hatte nur seine Bücher und Träume im Kopf und glaubte, er könne den Lauf der Welt verändern. Er hatte sich mit ausländischen Korrespondenten getroffen und ihnen von seinen Erlebnissen in der Oase Sarsura erzählt, deren fauliger, stinkender Geruch bis nach Europa gedrungen war und dort die Gemüter erregte. Große Zeitungen in Spanien, Frankreich und Deutschland schrieben über das geheime Gefängnis des Königs, in Madrid wurde der marokkanische Botschafter einbestellt und versprach im Namen seiner Regierung, allen im Übrigen verleumderischen und haltlosen Vorwürfen nachzugehen und die Verantwortlichen nötigenfalls zur Rechenschaft zu ziehen. Zwei Monate später, als sich niemand mehr in Europa an die Oase Sarsura erinnerte, wurde der Sohn Sid Allawis verhaftet und in dieselbe Zelle gesteckt, in der wenige Tage zuvor sein Vater an Herzversagen gestorben war, wie es im offiziellen Bericht hieß.»

Als Sid Mohammed innehielt, war es still im Saal. Es dauerte eine Weile, bis der Erste zu klatschen begann, gefolgt von einem Zweiten und einem Dritten – am Ende hatten sich die meisten Gäste erhoben und standen applaudierend an ihren Tischen. Sid Mohammed war sichtlich verlegen, als er sich kurz verneigte und die Anwesenden bat, doch wieder Platz zu nehmen. Anschließend begab er sich in die Küche, wo er tief durchatmete und mit seiner Frau, Jasmina und Alexander auf Aminas Restaurant anstieß.

8

Alexanders Eltern hatten ihren anfänglichen Schock über die unerwarteten Geständnisse im «Amina» überwunden und waren sichtlich bemüht, den Schaden zu begrenzen. Seine Mutter unterließ fortan alle Anspielungen auf die Sekretärin ihres Mannes, während dieser seinerseits versuchte, mehr Zeit zu Hause zu verbringen. Beide zeigten sich sehr angetan von Sid Mohammed und seiner Frau, und Alexanders Mutter versäumte bei keiner Gelegenheit zu erwähnen, wie gut Jasmina und ihr Sohn doch zusammenpassen würden.

Als Alexander seinem Vater erzählte, dass die Besucherzahlen im Restaurant Anlass zur Sorge böten, telefonierte dieser mit Sid Mohammed und überzeugte ihn, nicht erst abends zu öffnen, sondern bereits mittags, um neue Kunden zu gewinnen. Von da an fanden die Geschäftsessen des Bremer Großmarkts nur noch im «Amina» statt. Politiker, Beamte, Wirtschaftsvertreter und Spediteure fanden ihren Weg nach Lesum, zielsicher gelotst von Alexanders Vater, und lernten die arabische Küche kennen. Die Reaktionen waren stets wohlwollend bis begeistert, und die meisten kamen abends wieder, begleitet von Freunden oder Verwandten. Auf Alexanders Anregung erhielten die Mittagsgäste einen Nachtisch auf Kosten des Hauses: Türkischen Honig mit Cocktailkirschen. Diesem orientalischen Zuckerwerk konnte niemand widerstehen, und noch die sorgenvollsten Gesichter hellten sich auf, sobald der Honig, der so hieß, aber keiner war, auf der Zunge zerging.

Zu Alexanders großer Freude und Überraschung hatte Amina keine Einwände, ihm die Zubereitung des Türkischen Honigs anzuvertrauen. Er war kein geübter Koch. Da er aber eine Schule besucht hatte, die den Namen Gerhard Rohlfs trug, war ihm schon als Jugendlichem das eine oder andere orientalische Kochbuch in die Hände gefallen. Noch größer wurde sein Glück, als Jasmina sich bereit erklärte, ihm zu helfen.

Alexander wirbelte in der Küche wie ein Derwisch, schlug die Eier auf, spielte mit dem Backpapier, warf mit den Haselnüssen und Rosinen um sich, zauberte aus dem Zucker einen Wasserfall. Ihm machte das Spaß, und er konnte Amina gut verstehen, die in der Küche mehr lebte als arbeitete und die Abläufe fest im Griff hatte. Dennoch wirkte sie selten dominant oder autoritär. Sie setzte mehr auf die leisen Töne und kannte schon nach wenigen Tagen die Flüchtlingsschicksale der arabischen Küchenhilfen. Meistens dirigierte sie, eine perfekte Choreographin, ihre Mitarbeiter allein mit Blicken oder Gesten. Alexander fand es sehr beeindruckend, Amina dabei zu beobachten. Und er bewunderte sie für ihre Fähigkeit, auch in hektischen Situationen den Überblick zu behalten und gelassen zu bleiben.

Als Alexander wie gewohnt Kardamomkapseln in die Kastenform geben wollte, sagte Jasmina: «Die sind reine Geschmackssache. Es geht auch ohne.»

«Alles ist reine Geschmackssache, *Asisati*. Lass ihn so machen, wie er es für richtig hält», bemerkte ihre Mutter.

«Wieso *Asisati*? Ich denke Jasmina?»

«*Asisati* heißt ‹mein kleiner Liebling›. Das ist arabische Umgangssprache.»

Jasmina half Alexander, den Türkischen Honig in kleine

Stücke zu schneiden und auf silberne Schälchen zu verteilen. In einem ruhigen Augenblick, als sie allein in der Küche waren, legte sie plötzlich ihre Hände um Alexanders Gesicht und gab ihm einen Kuss, der nach Pfefferminze schmeckte.

«Warum tust du das?», fragte er verwirrt, während sein Gesicht glühte.

«Um zu sehen, ob es dir gefällt.»

«Schwer zu sagen, war zu kurz. Darf ich auch mal?»

Sie wich zurück.

«Ich weiß nicht, was ich machen soll», sagte sie. «Ich weiß nicht, was ich eigentlich will. Das ist keine gute Voraussetzung, um glücklich zu sein. Verstehst du, was ich meine?»

«Der Zimt ist alle. Wir müssen neuen besorgen.»

«Ich bin mir einfach nicht sicher, ob ich in Deutschland bleibe oder nicht. Was mache ich hier?»

«Vielleicht wäre es besser, wenn du weniger grübelst und mehr die schönen Seiten von Lesum genießt. Immerhin kommst du aus einem Land, in dem die Menschen zu leben verstehen. Normalerweise gehen eher die Deutschen mit Blei an den Schuhen. Außerdem ist es unhöflich, mich zu küssen und dann zu fragen, was das alles eigentlich soll.»

Jasmina sah ihn an. «Gut. Ich kümmere mich um den Zimt. Kardamom brauchen wir auch.»

9

Alexanders Vater verlagerte nicht allein die Geschäftsessen des Großmarkts nach Lesum. Als Nächstes sorgte er dafür, dass die *Bremer Nachrichten* einen hymnischen Artikel über Aminas Restaurant veröffentlichten. Es dauerte nur wenige Wochen, und die Zahl der Gäste stieg und stieg. Der Erfolg war allerdings nicht zuletzt Sid Mohammed geschuldet, der dazu übergegangen war, seine Erzählungen in der Tradition orientalischer Geschichtenerzähler vorzutragen. Dazu setzte er sich auf ein Podest an der Stirnseite des Restaurants, gekleidet wie der Sarotti-Mohr. Alexander fand das etwas übertrieben, aber Sid Mohammed ließ sich nicht beirren.

Zu später Stunde, in der Regel wurde gerade das Dessert serviert, fing er an, von jenen wundersamen Erlebnissen zu erzählen, die dem «größten Esel aller Zeiten», dem Sohn des Schreibers Sid Allawi, in Marokko widerfuhren. Das Publikum nahm seine gestenreichen und wortgewaltigen Vorträge, in denen geschrien und getobt, geflüstert und gebangt, geliebt und gehasst wurde, mit großer Dankbarkeit an. Offenbar hatte Sid Mohammed einen Nerv getroffen. Die Sehnsucht nach lebendigen, phantasievollen Geschichten, in denen Schurken auftraten und Edelmänner, in denen Gut und Böse unerschrocken ihre Kämpfe ausfochten und auch die Melodramatik nicht zu kurz kam, weder Liebe noch Leidenschaft. Fast konnte man den Eindruck gewinnen, das Essen würde über Sid Mohammeds Schauspielkünste nebensächlich. Bald schon wurde «der größte Esel aller Zeiten» zu einem geflügelten Wort, wohl auch deswegen, weil es sich so nahtlos mit den Bremer Stadtmusikanten verband.

«Hört nun, wie es dem Sohn Sid Allawis, dem größten Esel aller Zeiten, in seinem Gefängnis erging, in der Oase Sarsura nicht weit von Marrakesch. Er war gerade siebzehn Jahre alt, aber er ging nicht zur Schule. Stattdessen saß er in einer Zelle, dem Hohn und Spott, der rohen Gewalt und Grausamkeit ausgeliefert. Die Wärter liebten es, ihre Spiele mit den Gefangenen zu treiben. Sie zwangen sie, stundenlang auf einem Bein zu stehen, in der größten Hitze auf dem Hof. Sie fesselten sie in ihren Zellen und ließen sie dort liegen, tagelang. Sie zwangen sie, wie Hunde über den Boden zu kriechen und zu bellen. Es war eine rohe, sinnlose, brutale Welt, deren einziges Gesetz die Willkür der Wärter war.

In dem Augenblick, als der Leiter des Gefängnisses den Sohn Sid Allawis in seinem Büro zu vergewaltigen versuchte, erhielt er einen Anruf, auf den er offenbar gewartet hatte. Seine Frau war am Apparat, und sie teilte ihm mit, dass sie zum Empfang des Gouverneurs geladen worden seien. Der Direktor lief mit offener Hose durch sein Büro und schien nachzudenken. Kein Zweifel, ihn bedrückte etwas. Der Sohn Sid Allawis nutzte die Gelegenheit und erhob sich von dem Schreibtisch, über den er ausgestreckt lag, und zog sich wieder an. Er spürte, dass er die Initiative ergreifen musste, wollte er nicht früher oder später wieder auf dem Schreibtisch landen.

‹Kann ich etwas für Sie tun, Herr Direktor?›, fragte er vorsichtig.

‹Halt die Klappe. Ich brauche ein Geschenk für den Gouverneur.›

Da kam dem Sohn Sid Allawis, dem größten Träumer und Phantasten aller Zeiten, eine Idee, die ihm das Leben retten sollte. Er sagte: ‹Herr Direktor, wenn Sie erlauben … Das schönste Geschenk für Könige und Herrscher ist die Unsterblichkeit.›

‹Mhm›, sagte der Direktor, ‹mhm›, und schloss den Reißverschluss an seiner Hose. ‹Was meinst du damit?›

‹Ich könnte für den Herrn Direktor Gedichte verfassen, in denen die Ruhmestaten des Gouverneurs besungen werden, damit sie auf ewig der Nachwelt erhalten bleiben.›

Der Menschenschinder kratzte sich am Kopf. ‹Du könntest solche Gedichte schreiben? Die auch meinem Namen gerecht werden?›

‹Die Sprache ist das Einzige, das mir geblieben ist, Herr Direktor.›

‹Rede nicht so geschwollen daher, du Hurensohn. Setze dich an den Schreibtisch und zeige mir, was du kannst. Und gnade dir Gott, wenn du mich belogen hast.›

Und so geschah es. Der Sohn Sid Allawis verfasste Hymnen auf den Gouverneur, die ihn und seine Taten in die Nähe der Propheten rückten. Der größte Esel aller Zeiten ließ sich tragen von seiner Phantasie und der Erinnerung an die vielen Erzählungen, die er gelesen hatte. Obwohl er noch jung war, musste er lernen, die entlegensten Winkel seiner Träume und Sehnsüchte zu erforschen und sie in die Wirklichkeit zu entführen, wobei die meisten zu Staub zerfielen. Er schrieb sich die Seele aus dem Leib, um zu überleben. Und spürte, wie er dabei jedes Augenmaß verlor, wie er sich selbst und seinen eigenen Namen langsam, aber sicher vergaß. Alles, was ihm bisher schwarz erschien, war nunmehr weiß, und alles, was er für hell gehalten hatte, erwies sich hinfort als dunkel. Das Wort ‹Gefängnis› kannte er nach wenigen Wochen nicht mehr, weil er in einem Paradies lebte, in dem arabische Ritter die Gunst der Jungfrauen durch Spiel und Gesang, durch Edelmut und Tapferkeit zu erringen suchten.

Nicht allein der Direktor, auch der Gouverneur zeigte sich tief beeindruckt von der Schönheit der Worte, in deren Glanz sie sich aufgehoben und gewürdigt fanden. Dennoch gingen das Leiden und Sterben in der Oase Sarsura unaufhaltsam weiter, erfanden die Wärter immer neue und grausamere Methoden, die Gefangenen zu foltern und zu quälen. Doch in den Ohren der Oberen herrschte allenthalben Minnesang, und der Direktor wagte nicht, dem Sohn Sid Allawis noch irgendein Leid zuzufügen. Denn der war eine unschätzbare Quelle, jede Zeile aus seiner Feder festigte auch die Stellung des Kommandanten, wenigstens vorübergehend. Der Gouverneur erkannte bald, dass ein anderer als dieser der Verfasser der Oden und Hymnen sein musste, doch kam ihm der Betrug seines Untergebenen nicht ungelegen. Dadurch hatte er etwas in der Hand, das er bei passender Gelegenheit gegen ihn verwenden konnte.

Auch die Frau des Direktors fand Gefallen an den schönen Worten des Dichters, der ihrem Mann und ihr selbst zu Ruhm und Ehre verhalf. Sie verlangte von ihrem Mann, den Sohn Sid Allawis zu sich nach Hause einzuladen. Der Direktor erklärte sie für verrückt und drohte ihr mit Schlägen, falls sie weiterhin auf ihrer ebenso tollkühnen wie krankhaften Idee bestünde. Aber sie ließ sich nicht beirren. Sie weigerte sich, ihm sein Lieblingsessen zu kochen, und sobald er nach Hause kam, überschüttete sie ihn mit Vorhaltungen und Forderungen, die noch unsinniger waren als ihre Bitte, dem größten Esel aller Zeiten die Ehre einer Einladung zu erweisen.

Es kam, wie es kam, und der Sohn Sid Allawis fand sich in einem Landrover wieder, der ihn, begleitet von wüsten Drohungen und Beschimpfungen des Fahrers, in die Villa des Direktors brachte. Dessen Frau, Layla mit Namen, begrüßte ihn herzlich und geleitete den größten Esel aller Zeiten in den Salon, wo sie ihm Datteln und Limonensaft reichte. Fast glaubte er sich im Paradies, aber den Unterschied zwischen dem Garten Eden und einem Gefängnis wusste er ohnehin nicht mehr zu benennen. Layla hatte die Dienstboten nach Hause geschickt, sodass sie allein in der Villa waren. Sie bat ihn, spontan zu beschreiben, was er bei ihrem Anblick empfinde, und der Sohn Sid Allawis nannte sie eine rote Rose in einem Orchideengarten. Wenig später spürte er Laylas linken Fuß an seinem Knie, das sie langsam zu massieren begann. Sie öffnete einen Knopf an ihrer Bluse und reichte ihm die Schüssel mit Datteln, wobei sie sich ihm so zuwandte, dass er Einblick nehmen konnte bis tief hinab zu ihrem Bauchnabel. Anschließend stellte sie die Schüssel auf den Tisch und gab vor, das Gleichgewicht zu verlieren. Sie fiel zwischen seine Beine, und bevor der Sohn Sid Allawis flüchten konnte, spürte er ihre Hände überall auf seinem Körper, der mehr und mehr zu fiebern begann …»

Sid Mohammeds Erzählungen hatten nicht die Länge von *Tausendundeiner Nacht,* aber er wusste genau, an welcher Stelle er eine Zäsur machen musste, um die Zuhörer zu fesseln und dafür zu sorgen, dass sie regelmäßig wiederkamen.

10

Obwohl sich Sid Mohammed auch unter den weiblichen Gästen großer Beliebtheit erfreute, die Luft vor Erotik geradezu Feuer zu fangen schien, erweckte Amina nicht weniger ihr Interesse. Immer mehr entwickelte sich die Küche zu einem Treffpunkt jüngerer wie älterer Frauen, die ihr Geheimnis zu ergründen suchten. Anfangs machten sie sich eher verstohlen auf den Weg, während Sid Mohammed noch erzählte, dann lud er sie ein, Amina in der Küche Gesellschaft zu leisten, sofern sie das wünschten. Alexanders Mutter gehörte zu den Ersten, die der Einladung Folge leisteten.

«Frau Amina, Sie können wirklich phantastisch kochen», hörte Alexander seine Mutter sagen. «Wie machen Sie das nur?»

«Man darf nie zu viele Gerichte anbieten. Die Kunst ist, sich zu beschränken. Nennen Sie mich ruhig Amina, das reicht.»

«Wirklich? Haben Sie denn keinen Nachnamen?»

«Doch, unser Familienname ist Boucetta, aber der spielt keine Rolle. Araber reden sich meistens mit Vornamen an. Ich bin Amina oder Umm Jasmina, die Mutter von Jasmina.»

«Wenn das so ist … Ich heiße Eva. Und Sie können gern ‹du› zu mir sagen. Ich meine, wo sich doch auch Alexander und Jasmina so gut verstehen …»

Sobald Amina nach ihrer Herkunft gefragt wurde, hielt sie sich zurück. Offenbar gab es eine Art Arbeitsteilung zwischen ihr und ihrem Mann. Für die Vergangenheit war er zuständig. Alexanders Mutter respektierte diese Zurückhaltung ebenso wie die übrigen Frauen, die sich in der Küche einfanden. Sie redeten über Mode, das Verhältnis zu ihren Männern, über die Kinder. So fing es an. Wenn sich Sid Mohammed vier Frauen nehmen würde, wie im Islam erlaubt, was würde Amina dann tun?

«Die Liebe ist da, oder sie geht. Man kann sie nicht erzwingen. Solange sie da ist, wird sich kein Mann eine andere Frau nehmen und keine Frau einen anderen Mann. Ist es nicht so?»

«Und wenn sie geht? Dann kann ich doch nicht einfach hinterherwinken. Ich würde kämpfen!» Alexander kannte die junge Frau, die das sagte. Elvira Özgur hieß sie. In der Schule hatte er neben ihr gesessen, und sie hatte nie Einwände gehabt, wenn er bei den Klassenarbeiten von ihr abschrieb. «Es ist immer gut, um sein Glück zu kämpfen», sagte Amina. «Aber man sollte wissen, wann der Kampf verloren ist.»

Früher einmal war Alexander in Elvira verliebt gewesen. Auf dem Abiturfest gelang es ihm sogar, ihre Wange zu küssen. «Gib dir keine Mühe», hatte sie lachend gesagt. «Ich habe einen neuen Freund. Bülent. Er kommt aus Istanbul. Wir fahren nächste Woche zusammen hin. Ich freue mich riesig. Das ist eine ganz andere Welt als Bremen.» Inzwischen hatte Elvira ihren türkischen Freund geheiratet und studierte Medizin. Ihr Mann war Anwalt, dessen Dienste von seinen Landsleuten gern in Anspruch genommen wurden. Allerdings sahen sie keinen Anlass, ihn für seine Arbeit zu bezahlen. «Ein Türke hilft einem Türken, weil er Türke ist.» Elvira fand das nicht weiter schlimm – sie war sicher, eine Stelle als Ärztin zu finden.

Von ihrem Gehalt könnten sie auch zu zweit leben. Doch für einen Patriarchen war es unvorstellbar, dass die Frau die Familie ernährte. Er fing an, zu trinken und sie zu schlagen. Dennoch war Elvira überzeugt, ihre Liebe werde ihn heilen und er werde wieder zu ihr finden.

Unterdessen lag Jasmina zu Hause krank im Bett, und Alexander hatte gern Aminas Angebot angenommen, sie zu besuchen. Jasmina sah müde aus. Das aufgeschlagene Buch an ihrer Seite wirkte wie ein Fremdkörper. Es war ein Fotoband über Marokko, Stillleben aus einer traditionellen Welt, Ziegenhirten im Rif-Gebirge. Betende in der Moschee. Alexander hatte den Eindruck, sie freue sich über seinen Besuch. Sie zeigte eine Herzlichkeit, die ihn verlegen machte.

«Ich liebe Marokko», sagte Jasmina und schlug den Fotoband zu. «Aber es ist nicht mein Land … nicht mehr.»

Seit sie sich erinnern könne, habe ihr Vater ihr Geschichten aus Deutschland erzählt. Geschichten, die er anderswo gehört oder sich ausgedacht hatte. Die Geschichte vom Mandelbaum etwa, der aus einem Flugzeug fiel und mitten auf einem Deich in Norddeutschland Wurzeln schlug. Dann kam der Winter mit seiner bitteren Kälte, und fast wäre der Mandelbaum gestorben, der die Nähe von Orangen- oder Olivenbäumen gewohnt war, nicht aber die kahlen Äste von Eichen oder Birken.

«Doch der Mandelbaum war entschlossen, nicht aufzugeben, und wie durch ein Wunder überlebte er Stürme und Schnee», erzählte sie weiter. Die durch das Fenster einfallenden Sonnenstrahlen legten sich als goldenes Muster auf ihr Gesicht. «Selbst die Biber hatten Mitleid und betteten sich zum Winterschlaf auf die Wurzeln des

Mandelbaumes, damit er weniger fror. Als im Jahr darauf eine Sturmflut die Küste heimsuchte und der Deich unter dem Druck des Wassers zu brechen drohte, krallte der Mandelbaum seine Wurzeln in das aufgeweichte Erdreich und machte es stark und mächtig. Die Menschen erfreuten sich an den Mandeln, die der Baum abwarf, und waren erstaunt über den unverhofften Gast, der so gar nicht in ihre Landschaft passte. Alles war gut, bis der Mandelbaum sich in eine Birke verliebte. Raben und Krähen brachten dem blonden, schlanken Baum Mandeln über Mandeln, kleine, zarte Geschenke aus Sehnsucht und Verlangen. Doch nicht alle erreichten ihr Ziel, manche fielen den Vögeln aus dem Schnabel. Es dauerte nicht lange, und zarte Mandelbäume wuchsen auf den Äckern, sehr zum Ärger der Bauern, die nun nicht mehr wie gewohnt den Boden bestellen konnten. Heimlich fällten sie den Mandelbaum und die Birke. Glücklich und zufrieden bestellten sie erneut ihre Äcker. Doch dann kam wieder eine verheerende Flut, und kein Mandelbaum war da, um die Deiche zu halten. Sie brachen, und die Fluten begruben das Land unter sich, viele der Bewohner und deren Häuser. In mühsamer Arbeit bauten die Menschen die zerstörten Deiche wieder auf. Doch immer dann, wenn sie an den Mandelbaum dachten, spürten sie einen Stich im Herzen, die Melancholie eines unerfüllten Verlangens.»

Alexander überlegte. «Wenn ich das richtig verstehe, bist du, sind deine Eltern die Mandeln.»

«So stellt sich mein Vater das vor, ich glaube schon. Allerdings sind wir entbehrlich, wie die Geschichte zeigt. Die Menschen fühlen sich bedroht von fremden Bäumen, die meisten jedenfalls. Abgesehen davon ist das Leben kein Märchen.»

Alexander schwieg.

«Du hast eine Heimat», sagte Jasmina. «Du weißt, wer du bist.»

«Nicht wirklich.»

«Dann bist du ein Idiot. Du hast alle Privilegien der Welt.»

«Auch das ist keine Garantie, sein Glück zu finden.»

«Mag sein. In meiner Heimat ist Glück ohnehin nicht vorgesehen. Es gibt viel Verlogenheit bei uns, zum Beispiel was Männer und Frauen betrifft. Arabische Männer sind sehr charmant, solange sie nicht verheiratet sind. Danach ändert sich ihr Verhalten, und sie erteilen Befehle. Die Frauen rächen sich, indem sie unerträglich werden und immer nur kritisieren und Vorwürfe machen.»

Alexander fühlte sich nicht wohl bei diesem Thema.

«Ich habe bisher drei Männer näher gekannt», gestand Jasmina freimütig. «Einer war klug und sensibel und wollte mich heiraten, der andere suchte Leidenschaft, der dritte eine Affäre.»

«Und wer gefiel dir am besten?»

«Der verheiratete Mann, der mir keine Vorschriften machte. Glaubst du, dass es möglich ist, mit einem anderen Menschen eins zu werden?»

Alexander sah Jasmina in die Augen, und zum ersten Mal wusste er, was ihn so sehr zu Jasmina hinzog. Es war ihre Art, die Dinge zu sehen. Aus einer anderen Perspektive, ebenso neugierig wie er selbst.

«Warum nicht?», erwiderte Alexander.

«Ich bin mir nicht sicher. Jeder hat seine eigene Geschichte, jeder lebt sein Leben. Die drei Männer hatten überhaupt keine Träume. Für sie zählte nur die Gegenwart, der Augenblick. Sie wollten nichts anderes sein als das, was sie bereits waren. Sie interessierten sich nicht für Veränderungen, sie würden nie ein Risiko eingehen. Das ist meine Erfahrung.»

Alexander überlegte, ob er von seinen Erlebnissen erzählen sollte, aber eine innere Stimme hielt ihn zurück.

«Weißt du was, Jasmina, ich gehe jetzt und hole uns ein Stück Kuchen. Und zwar nicht irgendeinen, sondern Mandelkuchen. Wenn du Lust hast, könntest du ja schon mal einen Kaffee machen.»

11

Lesum war ein gutbürgerlicher Stadtteil, in dem die Menschen ihren Geschäften nachgingen, sich verliebten, heirateten und Familien gründeten, in dem die Jahre ins Land zogen und allgemein der Eindruck herrschte, die Zeit rase, ohne Spuren zu hinterlassen. Beamte und Angestellte führten ein ruhiges und unauffälliges Leben inmitten grünender Vorgärten, die Abfallbeseitigung erfolgte getrennt nach Wertstoffen, und die beiden einzigen nennenswerten Verbrechen, der nie aufgeklärte Mord an einer Schülerin und der Raubüberfall auf eine Bank, lagen Jahre zurück. Soziale Brennpunkte gab es nicht, abgesehen von einem heruntergekommenen Straßenzug, in dem Asylbewerber untergebracht waren. Bemerkenswert war die Tat einiger Jugendlicher, die auf einer Schulfassade in weißer Farbe die Aufforderung «Carpe diem!» sowie «Habe Mut, dich deines eigenen Verstandes zu bedienen» hinterlassen hatten. Entlang der Hauptverkehrsstraße, benannt nach Hindenburg, dem Wegbereiter Hitlers, hielten sich die überwiegend kleineren Geschäfte eher schlecht als recht, darunter Sonnenstudios und türkische Gemüseläden.

Und dann war da noch Lesmona, ein Straßenzug parallel zur Lesum mit imposanten Villen aus dem neunzehnten Jahrhundert. Die dazugehörigen Gärten, die eher Parks waren, reichten hinunter bis zum Fluss, der ihren damaligen Besitzern, Reedern und Kapitänen, den Weg noch in die entferntesten Winkel der Erde wies.

Von Aminas Restaurant aus führte der Admiral-Brommy-Weg bis zu Knoops Park, durch die Ausläufer der Villengärten, direkt am Wasser entlang. Alexander kannte auf diesem Weg jeden Baum und jede Biegung, im tiefsten Dunkel hätte er sich nicht verlaufen, so vertraut war ihm die Gegend. Schon als Jugendlicher hatte er geglaubt, dass hier eine Welt voller Wunder und Abenteuer begann. Baron Ludwig Knoop, ein Großkaufmann, begründete im neunzehnten Jahrhundert die Textilindustrie in Russland. Admiral Carl Rudolf Brommy befuhr zur selben Zeit die Weltmeere und schuf 1849 die erste deutsche Marineflotte. Alexander gefiel der Gedanke, dass sie in die Ferne gezogen waren und dabei ihre Wurzeln nicht verloren. Früh entwickelte er einen Sinn für Menschen, die etwas wagten. Die Ausschau hielten nach einem Mandelbaum.

Von der Anhöhe in Knoops Park waren in der Ferne die Lichter der Bremer Industriehäfen zu sehen, war das mechanische Klopfen aus den Stahlwerken zu hören. Früher hatte Alexander sich einen Riesen vorgestellt, der mit dem Hammer sein Eisen im Feuer schmiedete. Jetzt, im Sommer, nach Sonnenuntergang war die Aussicht am schönsten. Langsam färbte sich der Himmel rot, aufgehalten nur von den gelben Gasflammen, die aus langen Schloten nach oben schossen. Fast unmerklich fiel der Vorhang, bis die Bühne schwarz wurde, abgesehen von den flackernden Lichtern. Die Luft roch nach Gras, Wasser und grenzenloser Weite, manchmal nach gebrannten Kaffeebohnen, wenn der Wind über den Hafen strich. Diese Anhöhe erinnerte Alexander immer an einen Kapitänsstand, der Nähe und Ferne verband, Romantik und Wirklichkeit.

Oft ging er von nun an mit Jasmina dorthin, vor oder nach der Arbeit. Manchmal küssten sie sich dabei mit einer

Hingabe und Leidenschaft, die ihm den Verstand raubten. Doch Jasmina konnte ebenso herzlich sein wie kalt, sie war sinnlich und abweisend zugleich. Nie wusste Alexander ihre Gefühle wirklich zu deuten. Mehr und mehr gewann er den Eindruck, dass sie ihn einer Art Bewährungsprobe unterzog. Er war darüber nicht glücklich. Manchmal hätte er ihr am liebsten ins Gesicht geschrien, sie möge sich zum Teufel scheren.

Mittlerweile war das Restaurant so erfolgreich, dass die Wartezeit bei Reservierungen drei bis vier Wochen betrug. Für Stammgäste allerdings wurden stets Plätze frei gehalten. Manchmal drängten sich fast zweihundert Menschen im Saal, und auf Alexanders Anregung hin gab es Sonderkonditionen für Gäste, die nicht unbedingt etwas essen, sondern in erster Linie die Geschichten von Sid Mohammed hören wollten. Sie zahlten Eintritt und erhielten dafür einen Sitzplatz sowie ein Freigetränk. Dicht an dicht standen abends die Fahrzeuge entlang der Straße, die zum Lesumer Hafen führte, darunter auch Busse, die aus Hamburg, Bremerhaven oder Hannover kamen.

Innerhalb von nicht einmal drei Monaten war Aminas Restaurant zu einer Art Markenzeichen geworden. In ganz Bremen gab es nicht ein Restaurant, das so erfolgreich war, vielleicht in ganz Norddeutschland nicht. Die Medien berichteten über «die fabelhafte Idee, große Kochkunst mit Fabulierkunst zu verbinden», und Aminas Kleidung erweckte das Interesse mehrerer Frauenzeitschriften. Während Jasmina Wert auf ein unauffälliges Äußeres legte und in der Öffentlichkeit nicht als Araberin oder Muslimin wahrgenommen werden wollte, erinnerte Amina an eine orientalische Diva. Stets trug sie brokatbesetzte Gewänder, häufig in Rot, dazu blaue oder schwarze Kopftücher, die ihr Haar betonten, statt es zu verdecken. Ein wenig sah es aus wie ein seidener Schal. Sie schuf damit einen neuen, sehr eigenwilligen Stil, der ihr märchenhafte Züge verlieh. Die *Bremer Nachrichten* führten aus diesem Anlass ein Interview mit ihr.

Wollen Sie mit Ihrer Mode ein Zeichen setzen gegen die Unterdrückung der muslimischen Frau?

Ich möchte mich in erster Linie so anziehen, wie es mir am besten gefällt.

Aber das Kopftuch ist ein Symbol der Unfreiheit, nicht wahr?

Freiheit ist für mich keine Frage der Bekleidung. Ist eine Frau, die einen kurzen Rock trägt, freier als eine Frau, deren Rock bis zum Boden reicht?

So wie Sie hat sich vielleicht auch Scheherezade angezogen.

Wir sagen *Allahu Alam* – Gott weiß es am besten. Vielleicht haben Sie recht, ich weiß es nicht. Ich fühle mich wohl in meinen Gewändern. Das ist für mich entscheidend.

Ihr Mann macht Ihnen keine Vorschriften?

Ein Mann, der liebt, macht keine Vorschriften.

Wo haben Sie gelernt, so gut zu kochen?

Die Art und Weise, wie jemand kocht oder sich ernährt, sagt etwas über seine Haltung zum Leben aus. Und wir, Sid Mohammed und ich, wir wollten leben. Überleben.

Jeden Abend fand Sid Mohammed zu neuen Höchstleistungen. Glücklicherweise hatte er an Routine gewonnen und kleidete sich nicht länger wie der Sarotti-Mohr.

«Den Launen eines bösen Schicksals ausgeliefert, lag der größte Esel aller Zeiten nun in den Armen von Layla, der

Frau des Gefängnisdirektors», so begann Sid Mohammed, das Restaurant wie üblich überfüllt. «Sie fand Gefallen an seiner jugendlichen Unschuld und überredete ihren Mann, ihn ihr regelmäßig aus dem Gefängnis zu schicken, als ihren ganz persönlichen Hausdiener und Gärtner. Mag sein, dass der Direktor etwas von den Eskapaden seiner Frau ahnte, anmerken ließ er sich nichts. Er fluchte und murrte, aber er tat ihr den Gefallen und wagte nicht, sich an dem größten Esel aller Zeiten zu vergreifen.

Doch nun will ich berichten, wie es dem Sohn Sid Allawis erging, als ihn seine Kräfte verließen. Die Frau des Gefängnisdirektors hatte erstmals für ihn gekocht und ein traditionelles marokkanisches Gericht zubereitet, Couscous mit Lammfleisch und Gemüse. Sie pflegte den größten Esel aller Zeiten gut zu behandeln, damit er ihr anschließend zu Willen war und jene Gefühle vortäuschte, die eine Frau zum Leben braucht wie Männer den Glauben, groß und bedeutend zu sein. Und er aß das Lammfleisch, das allerdings fade war und zäh. Das Gemüse, das aussah wie ein sämiger grüner Brei. Den Couscous, der angebrannt schmeckte und hart war.

‹Ich habe mir besonders viel Mühe gegeben›, sagte Layla, ‹damit du endlich einmal etwas Gutes zu essen bekommst.›

In Wirklichkeit aber war ihr Essen nicht viel besser als der Fraß, den es im Gefängnis gab, abgesehen von den Maden und dem verschimmelten Brot. Als der Sohn Sid Allawis erkannte, dass seine Heimsuchung auch außerhalb der Gefängnismauern kein Ende nahm, brach er in Tränen aus. Er weinte hemmungslos wie ein kleines Kind, das sich zurücksehnt nach dem Schoß der Mutter. Die Frau des Gefängnisdirektors versuchte, ihn zu trösten, und zog ihn aufs Bett. Sie umarmte und liebkoste ihn, doch sobald sie anfing, sich auszuziehen, musste er sich übergeben. Alles, was er gegessen hatte, kam wieder zum Vorschein, nur zeigte sich das Gegessene zu ihrer beider Erstaunen köstlich verwandelt: Der Couscous war duftend und weich, die Auberginen, Tomaten und Zucchini leuchteten in ihren natürlichen Farben, und selbst ein flüchtiger Blick offenbarte die Zartheit des Lammfleisches.

‹Ein Wunder, ein Wunder ist geschehen!›, rief die Frau des Gefängnisdirektors und warf sich nackt zu Boden, um den Allmächtigen zu preisen.

Der Sohn Sid Allawis rieb sich die Augen, aber er hatte nicht geträumt. Tatsächlich, dort lag das Essen vor Layla auf dem Boden, die zögernd davon kostete und die Augen vor Entzücken schloss. Wann hatte es so etwas schon einmal gegeben? War er Aladin mit dem Wunderbauch?

Die Frau des Gefängnisdirektors zog sich wieder an. ‹*Habibi*›, sagte sie, ‹mein Liebling. Du bist ein wahres Wunderkind. Du kannst mit Worten zaubern, bis sich dir der Magen umdreht und das Innerste nach außen kehrt.›

Den Sohn Sid Allawis aber befiel eine tiefe Traurigkeit. Er verstand das Mysterium als ein Zeichen. Eine Warnung. So sehr war er in die Lüge verstrickt, dass er kaum noch ein Empfinden für die Wahrheit hatte. Die Heldenlegenden, die er im Namen des Gefängnisdirektors für den Gouverneur verfasst hatte, waren sein Fleisch geworden und sein Blut. Längst verwechselte er Weiß mit Schwarz und Licht mit Schatten. Nicht einmal an seinen eigenen Namen konnte er sich erinnern, an die fernen Zeiten seiner Unschuld und Jugend. Wieder brach er in Tränen aus, und Layla nahm ihn in die Arme. Sie hatte Angst, dass er ihretwegen unglücklich war. Angst, dass er sie nicht länger mit schönen Worten betören würde. Angst, dass es in ihrem Leben keine Poesie mehr geben könnte, sie mit ihrem Mann allein wäre auf der Welt.

‹Ich liebe dich doch so sehr, dass es auch für uns beide reicht›, sagte sie und strich ihm über die Wange.

Der Sohn Sid Allawis stand auf und lief im Zimmer umher. ‹Wenn du mich tatsächlich liebst, dann verwende dich beim Gouverneur dafür, dass er mich freilässt. Ich ersticke im Gefängnis, an der Unfreiheit und der Verlogenheit, wobei ich nicht weiß, was schlimmer ist.›

‹Und was gibst du mir dafür?›, fragte Layla. ‹Meine Dankbarkeit. Die Freundschaft eines jungen Mannes zu einer erfahrenen Frau.›

Sie überlegte. ‹Gut. Ich werde sehen, was sich machen lässt. Unter einer Bedingung allerdings. Ich möchte, dass du künftig für mich kochst. Wenigstens einmal die Woche.›

‹Für dich und deinen Mann?›, fragte der größte Esel aller Zeiten.

‹Meinetwegen kannst du ihn vergiften›, bekam er zur Antwort …»

Sid Mohammed hielt einen Augenblick inne und trank einen Schluck Wasser. Da geschah etwas Ungewöhnliches. Ein Mann erhob sich und ergriff das Wort.

«Gestatten Sie mir bitte eine kurze Anmerkung und Frage. Herr Mohammed, was Sie da erzählen, ist sehr spannend. Da ich selber heute Abend einen vorzüglichen Couscous mit Lamm und Gemüse gegessen habe, möchte ich natürlich hoffen, dass die Kochkünste Ihrer Frau nicht auf Ihrer Fähigkeit beruhen, das Innerste nach außen zu kehren.»

Freundliches Gelächter im Restaurant.

«Halten Sie mich bitte nicht für naiv», fuhr der ältere Herr fort. «Aber ich frage mich die ganze Zeit, ob Sie uns ein Märchen erzählen oder womöglich Ihre eigene Lebensgeschichte.»

Gesine Normann, eine Frau aus der Nachbarschaft, verwitwet, drei Töchter, meldete sich zu Wort: «Bitte! Lassen Sie uns die Dinge nicht zerreden. Was Sid Mohammed erlebt oder nicht erlebt hat, wird er selbst am besten wissen. Wenn ich einen schönen Sonnenuntergang erlebe oder einen guten Wein trinke, dann reicht es mir, dass ich mich wohlfühle. Ich brauche dafür keine Erklärungen.»

«Sehen Sie», sagte Sid Mohammed, an den älteren Herrn gewandt, «es gibt immer mindestens zwei Wahrheiten. Eine offenkundige und eine verborgene. Und wer Geschichten erzählt, interessiert sich vor allem für das, was hinter dem Offenkundigen verborgen liegt. Wir alle führen zwei Leben, ist es nicht so? Mit dem einen bestehen wir im Alltag. Das andere handelt von unseren Träumen und Sehnsüchten. Deswegen sind wir alle hier.»

«Da haben Sie sicher recht», erwiderte der Mann. «Es ist nur so, dass ich überaus erstaunt bin. Sie sind aus Marokko, doch was Sie erzählen, kommt mir sehr vertraut vor, obwohl ich nie in Ihrer Heimat war. Wenn ich Sie reden höre, erinnere ich mich an viele Geschichten, die ich längst verloren glaubte.»

12

Amina mochte ihre Rezepte anfangs nicht preisgeben. Doch bei dem nicht enden wollenden Strom von Anfragen gab sie schließlich nach. Zweimal in der Woche bot sie nachmittags einen Kochkurs an, in dem sie ausgewählte Gerichte vorstellte. Auf vielseitigen Wunsch begann sie mit Couscous, Lammfleisch und Gemüse, der Schicksalsspeise des größten Esels aller Zeiten.

Die Küche bestand aus zwei langen, parallel verlaufenden Tischen, vier Backöfen, sechzehn Herdplatten und einer Unmenge an Küchenutensilien, die jetzt auf den Tischen verteilt lagen wie chirurgische Instrumente vor einer Operation. Alexander hörte ebenfalls zu, und mit ihm die Küchenhilfen. Die überwiegend arabischen Asylbewerber wussten nicht so recht, was sie von der ganzen Sache halten sollten. Waren Sid Mohammed und seine Frau die größten Esel aller Zeiten, oder wiesen sie einen Weg, den auch sie selbst eines Tages beschreiten konnten? Alexander verstand sich gut mit ihnen und brachte ihnen deutsche Flüche und Schimpfwörter bei, sie ihm arabische. Am besten gefiel ihm *Ruh isaadsch ummak*, «Geh und belästige deine Mutter». Doch er lernte auch den Satz: *Sakr al-bab,* «Mach die Tür zu», oder *Schafahki bab al-fardus*, «Deine Lippen sind das Tor zum Paradies». Er hoffte, damit bei passender Gelegenheit Jasmina zu beeindrucken.

«Wie Sie sehen, bereiten wir unsere Couscous-Gerichte auf traditionelle Weise zu», erklärte Amina. «Dafür braucht man einen zugedeckten, siebartigen Behälter, Keskes genannt, französisch Couscoussier. Darin wird der Hirse- oder besser Weizengrieß gedämpft, indem er in den oberen Teil eines Topfs mit gekochtem Hammel- oder Lammfleisch, mit Huhn, Paprikaschoten, Auberginen, Tomaten oder anderem Gemüse eingelassen wird. Die Brühe sollte scharf sein, und der Couscous sowie die Beilagen werden stets voneinander getrennt serviert. Es ist eigentlich ganz einfach. Probieren Sie selbst.»

Die Frauen machten sich ans Werk, übten sich im Umgang mit dem Keskes und erfuhren, dass nordafrikanische Frauen in früheren Zeiten den Couscous selbst hergestellt hatten. Weizen wurde dabei zu Grieß gemahlen, mit Mehl und Salzwasser vermischt und zwischen den Handflächen zu kleinen Körnern gerieben. Anschließend ließ man sie in der Sonne trocknen. Heute kommt Couscous meist vorgegart in den Handel, in den Sorten Fein, Mittel und Grob.

«Wir nehmen ausschließlich die feine Sorte», betonte Amina, während sie den Frauen aus Lesum über die Schulter blickte. Auch Alexanders Mutter fehlte nicht und machte sich eifrig Notizen.

Am Ende verteilte Amina Hausaufgaben. Ihre Schülerinnen sollten zu Hause Couscous-Gerichte ausprobieren und von der Reaktion ihrer Familie berichten. Jeder entwickle bekanntlich seine eigene Handschrift beim Kochen, und die könne gefallen oder auch nicht. Das sei nicht allein eine Frage des Rezeptes oder der Zutaten.

«Zwei Menschen können einen Lammbraten nach ein und demselben Rezept zubereiten, und es schmeckt trotzdem ganz anders – bei dem einen gelungen und raffiniert, bei dem anderen langweilig und zäh. Es ist wie mit der Liebe. Kommt nicht von Herzen, was wir tun, ist auch der Koch nur ein schlechter Schauspieler, und alles, was er anrichtet, bleibt Routine und seelenlos. Im Grunde ist nicht entscheidend, ob Sie Couscous zubereiten oder eine Gemüsesuppe», erklärte Amina, «entscheidend ist, dass Sie einen Teil von sich selbst geben, Ihre Seele öffnen für andere.»

Und dann gab Amina ihnen noch einen Tipp, wie man Couscous ohne Couscoussier zubereiten konnte: Ein grobes Sieb mit einem Leinentuch ausschlagen, den Couscous hineinschütten und mit heißem Wasser übergießen, anschließend zum Abtropfen beiseite stellen und dann das Sieb in einen Topf mit den übrigen Zutaten einhängen.

Schließlich sagte Amina: «Stellen Sie sich einen Fisch vor, der nur noch tote Gräte ist und sich so weit zurückdenkt, bis er wieder frei und glücklich im Meer schwimmt. Wenn Sie das verstehen, wird die einfachste Speise ein Festmahl.»

Auf dem Küchentisch standen Couscous mit Lamm und Gemüse, seine Mutter hatte ihn zum Essen eingeladen. Doch wirklich erfreut war Alexander darüber nicht. Sie konnte schlichtweg nicht kochen. Er musste sich denn auch regelrecht überwinden, einige Bissen zu sich zu nehmen. Unwillkürlich kam ihm Laylas Couscous in den Sinn, der dem größten Esel aller Zeiten das Innerste nach außen gekehrt hatte.

«Wirklich lecker, Mutter. Wie hast du nur … die Brühe so gut hinbekommen?»

«Die entsteht von ganz allein beim Kochen. Das ist der Sud, weißt du. Dann habe ich einfach noch Senf und Sahne zugegeben.»

«Eine gute Idee. Das Fleisch ist Lamm?»

«Schmeckt es dir nicht?»

«Doch, hervorragend. Ich wusste nur nicht, ob es Lamm ist …»

«Das Gemüse habe ich extra im Ökoladen geholt. Damit du mal was Gutes bekommst.»

«Das ist lieb von dir. Was genau war das für ein Gemüse?»

«Vor allem Paprika. Viel Paprika.»

«Verstehe. Paprika. Sehr gut.»

«Ich weiß nicht, wie Amina das alles hinbekommt. Bei ihr habe ich immer den Eindruck, dass sie sich gar keine Mühe mehr zu geben braucht. Alles wird einfach gut», sagte Alexanders Mutter. «Wahrscheinlich hat sie viel geübt.»

«Deswegen will ich jetzt auch öfter kochen. Damit das alles noch besser wird.»

«Also, du musst dir wirklich keinen Stress machen.»

«Ach, mein kleiner Engel, das weiß ich doch … Was würdest du davon halten, wenn ich Vater und Frau Meißner gemeinsam zum Essen einlade?»

«Und was willst du dann kochen?»

«Ich dachte, dasselbe wie jetzt: Couscous mit Lamm und Trockenfrüchten.»

«Willst du nicht lieber Spaghetti machen? Damit hast du nicht so viel Arbeit.»

«Das stört mich nicht. Immerhin ist er dein Vater.»

«Und warum Frau Meißner? Was hast du mit ihr vor?»

«Ich finde, wir sollten uns kennenlernen. Ich weiß nicht, wie ich es dir sagen soll, Alexander. Ich habe lange darüber nachgedacht und mir die Entscheidung nicht leicht gemacht. Sei mir bitte nicht böse, mein kleiner Engel, aber Vater und ich sollten überlegen, uns zu trennen.»

«Bist du sicher, dass das eine gute Idee ist?» Er hielt

inne. Natürlich war das eine gute Idee, ihre beste seit Jahren.

«Was heißt schon sicher. Ich weiß nur, dass es so nicht weitergehen kann. Wir leben nebeneinanderher, dein Vater liebt mich schon lange nicht mehr, und ich muss sehen, wo ich bleibe. Ich bin noch nicht mal fünfzig. Soll ich die nächsten zwanzig, dreißig Jahre an der Seite eines Mannes leben, dem der Mut fehlt, zu seiner Geliebten zu ziehen?»

Alexander spürte, dass sie es ernst meinte. Und war erstaunt.

«Wie wir das mit dem Haus machen, wird man sehen.»

«Weiß Vater schon, was du vorhast?»

«Nein. Ich wollte erst mit dir darüber reden.» Plötzlich stand sie auf, umarmte ihren Sohn und gab ihm einen Kuss. «Sei mir bitte nicht böse. Ich glaube wirklich, dass es besser so ist. Für uns alle.»

«Wahrscheinlich hast du recht.»

«Es ist ein Versuch. So wie dieser Couscous. Ich hoffe nur, dass er mir besser gelingt. Sei ehrlich, das war heute keine Meisterleistung, nicht wahr?»

«Na ja, es muss ja nicht gleich so was Schwieriges sein. Spaghetti sind doch auch nicht schlecht.»

«Ich finde es einfach bewundernswert, was Amina und Sid Mohammed aus ihrem Leben machen. Sie sind echte Künstler, findest du nicht? Amina hat so eine ruhige, selbstbewusste Art. Sie weiß genau, was sie will, aber sie drängt sich nie auf. Sie ist einfach da. Frag mal die Frauen hier in der Nachbarschaft, was sie von Amina halten. Die sind alle hin und weg. Neulich sagte Frau Martens zu mir: ‹Wenn alle Türken so wären wie Amina und der Mohammed, würde ich morgen aus der Kirche austreten und mir einen Muselmanen suchen. Der müsste mir nur versprechen, dass er nich noch 'ne andere heiratet und nix mit den Terroristen zu tun hat.› Du kennst doch Frau Martens, wie die redet. Was meinst du, warum wir da alle im Kochkurs sitzen. Da geht's doch gar nicht um Couscous. Es geht um Amina. Um zu sehen, wie sie das alles hinbekommt.»

Seine Mutter machte eine Pause und fing unvermittelt an zu weinen. «Alexander, es tut mir wirklich leid mit Vater. Ich will das alles eigentlich gar nicht, aber es ist besser so.»

Alexander nahm seine Mutter in die Arme und fing auch an zu weinen. Warum, war ihm selbst nicht klar.

13

Jasminas Umgang mit den Gästen war stets höflich und verbindlich, aber nie wechselte sie mehr Worte mit ihnen als nötig. Es gab viel zu tun im Foyer: Sekt oder *Schai Nana* anbieten, die Garderobe in Empfang nehmen, Visitenkarten des Restaurants verteilen, die Reservierungen überprüfen. In der Stoßzeit am frühen Abend, zwischen neunzehn und zwanzig Uhr, musste jeder Handgriff sitzen und die Kommunikation mit den Gästen eingespielt sein, sonst kam es zu Verzögerungen und Engpässen. Die Stimmung war allgemein ausgelassen und fröhlich, eine gespannte Erwartung lag in der Luft – die Sehnsucht, in eine andere Welt entführt zu werden. Nie hätte Alexander gedacht, dass die Nachfrage nach Wundern so groß sein könnte. Aber sie war da, und sie wuchs stetig. Mittlerweile arbeiteten zwanzig Angestellte im Restaurant.

Alexander hatte den Mann noch nie gesehen. Er war groß und schlank, nicht älter als Mitte dreißig, trug einen beigefarbenen Sakko, kombiniert mit einer Armani-Jeans, und zeigte ein Dauerlächeln, das seinen perlweißen Zähnen geschuldet war. Die blonden Haare hatte er zu einem Pferdeschwanz gebunden. Er sah blendend aus und verkörperte alles, was Alexander nicht mochte. Oberflächlichkeit, verbunden mit Erfolg, nicht zuletzt bei Frauen. Alexander nahm ihn in Empfang, doch der Unbekannte ignorierte ihn und wandte sich zielstrebig an Jasmina, charmant und selbstbewusst. Jedes seiner Worte war ein Pfeil, der auf ihr Herz zielte.

«Ich habe keine Reservierung», sagte er. «Aber ich hoffe, dass Sie für mich noch einen Platz finden.»

Alexander erkannte an Jasminas Blick, wie fasziniert sie war. Man konnte glauben, die Welt um sie herum halte einen Augenblick inne.

«Ja ... Also, da lässt sich bestimmt noch etwas machen. Alexander, was ist mit dem Tisch vorne rechts, Nummer drei?»

«Tut mir leid, alles ausgebucht.»

«Nun seien Sie mal nicht so», sagte der Pferdeschwanz, an ihn gewandt. «Im Zweifel lässt sich immer eine Lösung finden, nicht wahr?» Diskret schob er Alexander eine Fünfzig-Euro-Note zu.

«Danke, nicht nötig. Unsere Gäste zahlen erst, nachdem sie gegessen haben.» Alexander legte den Geldschein sichtbar auf das Pult mit dem Reservierungsbuch.

«Kommen Sie, wir schauen oben mal nach», sagte Jasmina und lächelte ihn an. «Wollen Sie etwas essen?»

«In erster Linie möchte ich mich gut unterhalten. Ich heiße übrigens Wolfgang Rebus. Wolfgang, wenn Sie mögen.»

«Jasmina.» Es hätte nur noch gefehlt, dass sie seine Hand ergriff.

Gemeinsam stiegen sie die Treppenstufen hinauf in den Saal. Noch nie war sie mit einem Gast so vertrauensselig umgegangen. Alexander spürte, wie sein Herz schneller schlug. Am liebsten hätte er den Kerl hinausgeworfen und ihm Hausverbot erteilt. Doch ihm war klar, dass er sich nicht provozieren lassen durfte.

Jasmina gab ihrem Verehrer einen Platz in der Gruppe derer, die allein Sid Mohammeds Geschichten hören wollten und keinen Tisch benötigten. Ruhig saß er da, als könne ihn nichts anfechten, Höflichkeiten nach links und nach rechts austeilend. Als ein Gast sich beschwerte, er habe schon vor mehr als einer halben Stunde bestellt und sei es leid zu warten, kommentierte Wolfgang Rebus die Kritik mit einem sanften: «Geduld ist eine Tugend, mein Herr», was ihm zahlreiche wohlwollende Blicke bescherte. Er schien die Fähigkeit zu besitzen, mit wenigen Worten und Gesten Menschen für sich einzunehmen. Und während Sid Mohammed seine Erzählung über den größten Esel aller Zeiten wieder aufnahm, verbannte Alexander Wolfgang Rebus in Gedanken in die Oase Sarsura, in das Gefängnis von Marrakesch.

«Layla, die Frau des Gefängnisdirektors, hielt Wort und bemühte sich um die Freilassung von Sid Allawis Sohn. Mit Hilfe von Freunden und Bekannten nahm sie Kontakt auf zur Frau des Gouverneurs und bat um eine Audienz. Die beiden Damen waren sich auf Anhieb sympathisch und verstanden sich gut. Sie teilten ihre Bewunderung für junge, schöne Männer und waren empfänglich für die verführerischen Worte aus der Feder des größten Esels aller Zeiten, der seine Hymnen auf den Gouverneur mühelos auch auf die Gemahlin übertrug. Drei Monate später wurde der Sohn Sid Allawis aus der Haft entlassen, ohne Begründung, stattdessen mit einem kräftigen Fußtritt vonseiten des Direktors.

Dafür konnte ihm der größte Esel aller Zeiten kaum böse sein, denn der Direktor war in einer schwierigen, fast aussichtslosen Lage. Längst ahnte er, dass der Gouverneur nicht ihn für den Urheber der Heldengedichte hielt, die mittlerweile einen stattlichen Umfang erreicht hatten und in den Schulen von Marrakesch zur Pflichtlektüre wurden. Fast flehentlich hatte er den größten Esel aller Zeiten gebeten, ihm auch weiterhin zu Diensten zu sein, selbstverständlich gegen eine fürstliche Belohnung, doch der erinnerte sich nur zu gut an den schrecklichen Augenblick, als er nackt und hilflos auf dem Schreibtisch des Direktors lag. Er sagte, er könne nicht mehr schreiben, da er fast den Verstand verloren habe.

Der Direktor wusste, dass er von nun an auf Abruf lebte. Jederzeit konnte ihn der Gouverneur wegen Betrugs zur Rechenschaft ziehen. Sein Leben, seine Existenz hing an einem seidenen Faden, und nachts konnte er vor Angst kaum schlafen. In seinen Träumen redete er wirr und beschwor unbekannte Peiniger, auf sein schwaches Herz Rücksicht zu nehmen und ihn nicht zu schlagen, er werde alles gestehen. Schweißgebadet wachte er auf, machte panisch das Licht an und tastete nach der Hand seiner Frau. Sie versuchte, ihn zu beruhigen, und betonte, wie gut sie mittlerweile mit der Gattin des Gouverneurs befreundet sei. Das aber machte dem Direktor nur noch mehr Angst. Seine Frau würde alles dafür geben, ihren treulosen Ehemann endlich loszuwerden. Jahrelang hatte er kaum mit ihr geredet und sich eine Gefühlskälte zugelegt, die sie noch in den heißesten Sommern frösteln ließ.»

Sid Mohammed hielt inne und fixierte Wolfgang Rebus. Der Blick entging Alexander nicht: Sid Mohammed schien sein Misstrauen zu teilen. Der Hausherr setzte seine Erzählung fort und lief an der Stirnseite des Restaurants auf und ab, was er bisher nicht getan hatte. Üblicherweise saß er auf einem Stuhl oder stand aufrecht vor den Gästen, wobei er seine Geschichten mit den Händen in der Luft nachzeichnete.

«Kann ein Mensch vor Kummer sterben?», fragte Sid Mohammed in das Restaurant hinein. «Die Frau Sid Allawis ist diesen Weg gegangen. Der Schmerz hat sie übermannt und am Ende regelrecht erstickt. Der Tod ihres Mannes war schlimm genug. Sie wusste, dass er einer Intrige zum Opfer gefallen war. Doch dann war auch ihr Sohn spurlos verschwunden. Sie ahnte, dass er ebenfalls im Gefängnis saß, aber ihre Bitten und Nachfragen stießen auf taube Ohren. Die Zeit verging, und die Frau Sid Allawis wurde krank. Die Ärzte, die sie untersuchten, konnten nichts feststellen. Körperlich war sie gesund, doch aß sie immer weniger und wurde mit jedem Tag schwächer. Als sie schließlich an Auszehrung starb, wog sie nur noch fünfundvierzig Kilo. Ihr Sohn erfuhr davon erst, als er wieder nach Hause kam, in ein leeres, kaltes Haus mit großem Innenhof in der Altstadt von Marrakesch. Er hatte Verwandte, die sich bald schon um ihn kümmerten, aber in seinem Herzen fühlte er sich so verloren wie noch nie zuvor in seinem Leben. Er war gerade siebzehn geworden und konnte Verse schmieden, die er längst nicht mehr für die Wirklichkeit hielt. Aus seiner Kindheit war ihm einzig ein Buch geblieben, die in Leder gebundene *Reise durch Marokko* des deutschen Afrikaforschers Gerhard Rohlfs. In diesem Reisebericht aus dem neunzehnten Jahrhundert sah der Sohn Sid Allawis das Vermächtnis seines Vaters, und er beschloss, Deutsch zu lernen und in der deutschen Sprache seine neue Heimat zu suchen. So geschah es, er beendete die Schule und besuchte die Universität. Um seinen Lebensunterhalt zu verdienen, wollte er Deutschlehrer werden. Das hatte er unwiderruflich beschlossen.

Doch bevor es dazu kam, musste er zahlreiche Hindernisse überwinden. Er hatte kein Geld, und auch seine Verwandten waren nicht vermögend. Eine Zeit lang ging er regelmäßig in die Moschee und verrichtete die vorgeschriebenen fünf täglichen Gebete. Aber so sehr er die Schönheit des Korans zu schätzen lernte, ihm missfielen die bärtigen Gestalten, die ihm vom Kampf gegen die Ungläubigen erzählten und den Segnungen des Paradieses. Er stellte sich das Paradies als ein Meer von Geschichten vor, so wie seine Hymnen auf den Gouverneur. An diesem Paradies hatte er kein Interesse, weil es ihn schon auf Erden zur Genüge heimgesucht hatte. Sollte er eines Tages vor seinem Schöpfer stehen und Rechenschaft ablegen über sein Leben, so würde er Gott diese eine Frage stellen: Wo waren deine Güte und Gnade, als du meine Eltern in den Tod schicktest und mich den Tränen der Verzweiflung aussetztest?

Der größte Esel aller Zeiten glaubte an die Macht der Träume und der Wunder, der nicht enden wollenden Geschichten von Gut und Böse, in denen am Ende die Guten siegen. Doch leider haftet diesen ein Fluch an, am Ende verlieren sie immer, vor allem ihre Illusionen. Jener Jüngling aber, der Sohn Sid Allawis, war entschlossen, dieser Ernüchterung nicht zu erliegen.»

Einen Augenblick wirkte Sid Mohammed sehr ernst, traurig fast. Dann wandte er sich wieder mit seiner gewohnten Freundlichkeit und Verführungskraft an das Publikum und sagte:

«Wenn ein Mann glaubt, es gebe keine Hoffnung mehr, dann ist es meistens eine Frau, die ihm den Weg weist. Und mit sehr viel Glück sind es gleich mehrere Frauen, die dem Leben eines Mannes die richtige Form verleihen. So und nicht anders erging es dem größten Esel aller Zeiten. Doch das ist eine andere Geschichte, die ich später erzählen werde.»

Der Mann mit dem Pferdeschwanz rief «Bravo!» und fing an zu klatschen. Er war sichtlich begeistert.

«Eine wunderbare Geschichte. Phantastisch! Einfach großartig.»

Sid Mohammed lächelte freundlich und ging in Richtung Küche.

«Gestatten Sie, dass ich mich kurz vorstelle. Wolfgang Rebus ist mein Name. Ich bin Modefotograf und habe von Ihrem Restaurant gehört. Sie haben ja mittlerweile ein sehr gutes Renommee. Ich suche immer nach interessanten Motiven. Könnten Sie sich vorstellen, Ihr Haus für ein Shooting zur Verfügung zu stellen?»

«Für ein … was?», fragte Sid Mohammed.

«Ich würde gern Models hier im Restaurant und gleich nebenan, direkt an der Lesum, fotografieren. Es wäre ein sehr stimmiges Setting. Verträumt, orientalisch, modern. Naturverbunden. Ganz abgesehen von der Küche. Das wäre auch keine schlechte Idee: Unsere Mädchen vor einem Teller mit Couscous. Zum Beispiel. Selbstverständlich würden Sie dafür bezahlt, und eine gute Werbung wäre es sowieso. Meine Fotos erscheinen in allen führenden Zeitschriften und Magazinen in Europa und den Staaten. Den USA, nicht wahr.»

«Wenn Sie sich für Mode interessieren, sollten Sie sich mit meiner Frau unterhalten.»

«Sehr gerne. Ich habe Ihre Frau bereits bewundert. Sie hat einen überaus exklusiven Geschmack. Leider ist ihre Vorliebe für bodenlange Gewänder bei uns nicht zu vermarkten.»

«Wie Sie meinen. Bitte entschuldigen Sie, ich muss mich jetzt um die Gäste kümmern.»

«Hier haben Sie meine Visitenkarte. Lassen Sie sich meinen Vorschlag in Ruhe durch den Kopf gehen. Ich würde mich sehr freuen, wenn Sie zustimmen.»

Sid Mohammed sah Alexander an und zog die Augenbrauen hoch. Der signalisierte: Soll er doch gehen und seine Mutter belästigen. *Ruh isaadsch ummak.*

Stattdessen belästigte er Jasmina. Im Foyer flirtete Wolfgang Rebus mit einer Hingabe, die Alexander die Zornesröte ins Gesicht trieb. Und Jasmina ging auf sein Spiel ein.

«Was würden Sie von einem kleinen Ausflug nach Bremen halten?», fragte er sie geradeheraus. «Ich kenne da eine sehr ansprechende Bar, nicht weit von Domsheide.»

Mit Sicherheit war diese Bar heute – leider! – geschlossen, mit Sicherheit lud er sie anschließend zu sich in die Wohnung ein.

Jasmina sah Alexander fragend an.

«Alexander, kommst du mal?», rief ihn Sid Mohammed zu sich. Er stellte Alexander einem Ehepaar vor, dessen Tochter mit ihm die Schule besucht habe. Ob er sich an sie erinnere? Hildegard Mehnert.

Alexander überlegte. Hildegard? «Natürlich, die Hilde! Das ist ja eine Überraschung. Wie geht es ihr denn?»

Sie lebe jetzt in Hamburg und habe gerade ihre letzten Prüfungen als Zahnärztin bestanden. Alexander hatte keinen Zweifel, dass sie in dem Beruf unschlagbar war. Vor einigen Jahren lagen sie gemeinsam auf der Rückbank seines ersten Fiats, er war gerade dabei, ihr den Slip auszuziehen, da hörte er: «Nein.»

«Warum?»

«Ich menstruiere.»

Doch sie öffnete seine Hose. Sagte, er solle sich entspannen. Das tat er. Und spürte ihre feuchten Lippen und den heißen Mund, der gieriger war als seine kühnsten Phantasien.

14

Als Alexander in das Foyer zurückkam, waren Jasmina und der Pferdeschwanz nicht mehr da. Das Foyer war verwaist, leere Gläser standen auf den Tabletts, in einem Aschenbecher glomm noch eine Zigarette. Fast konnte man glauben, sie wären geflüchtet. Alexander spürte, wie seine Knie weich wurden und sein Magen revoltierte. Er verdrängte jeden Gedanken, was sie jetzt wohl machten. Er musste unbedingt etwas unternehmen. Die Visitenkarte fiel ihm ein. Er lief zu Sid Mohammed, der sie ihm bereitwillig gab. Was er denn von dem wolle, fragte Sid Mohammed. Alexander zuckte mit den Schultern. Er hielt sich für einen friedlichen Menschen. Aber er spürte seine aufsteigende Wut. Sollte er Jasmina verlieren – noch bevor er sie für sich gewonnen hatte –, würde er gehen. Keine Ahnung, wohin. Doch bleiben und weitermachen wie bisher, das ginge nicht. Auf gar keinen Fall. Nicht in Aminas Restaurant, nicht in Lesum, nicht in Bremen.

Die Adresse auf der Visitenkarte führte zu einem Haus an der Schwachhauser Heerstraße, in einen vornehmen Stadtteil Bremens. Die Hansestadt, von der Spötter sagten, sie sei ein Dorf mit Straßenbahn, erstreckte sich über rund fünfzig Kilometer entlang der Weser, war aber nur wenige Kilometer breit. Ihr Umriss auf der Landkarte erinnerte Alexander an eine Robbe, und er fuhr gewissermaßen vom Schwanz dieser Robbe, von Lesum, in Richtung Hinterkopf, nach Schwachhausen. Obwohl der Wagen seiner Mutter auf Hochtouren lief, dauerte es eine halbe Stunde, bis er sein Ziel erreichte. In seinem Zustand entsprach das einem halben Jahr.

Kein «Rebus» war auf den Klingelschildern zu finden, auch im Fotostudio im Erdgeschoss war niemand anzutreffen. Alexander klingelte irgendwo und fragte nach Wolfgang Rebus. Ein alteingesessener Bremer antwortete ihm, unschwer zu erkennen an seiner langsamen, bedächtigen Art – warum das Flugzeug nehmen, die Postkutsche erreicht auch ihr Ziel.

«Der Fotograf? Nee. Der wohnt hier nich. Der arbeitet hier nur. Hat immer süße Mädels dabei.»

«Ach. Und wissen Sie zufällig auch, wo Wolfgang Rebus wohnt?»

«Weiß ich.»

Schweigen.

«Würden Sie mir verraten, wo?»

«Wer sind Sie denn, junger Mann?»

«Mein Name ist Alexander Kirchhoff. Wolfgang ist ein Freund von mir.»

«Sie sind sein Freund und wissen nich, wo er wohnt?»

«Ich habe mein Adressbuch vergessen. Es ist wirklich wichtig.»

«Ihr jungen Leute seid immer in Eile. Ich versteh das nich. Am Ende wartet doch nur Freund Hein.»

«Mag sein. Aber Freund Wolfgang wartet auch.»

Schweigen.

«Und Sie sind wirklich kein Verbrecher?»

«Bestimmt nicht.»

«Sind Sie aus Bremen?»

«Aus Lesum.»

«Da kam meine Frau her. Aus der Bördestraße. Kennen Sie die Bördestraße?»

«Wie meine Westentasche.»

«Das graue Haus in der Mitte. Da ist sie groß geworden. Hamm wir dann verkauft.»

«Kann ich verstehen.»

«Ging nich anders. Aber letztes Jahr ist sie verstorben.»

«Das tut mir leid.»

«Na ja, war auch anstrengend mit ihr.»

«Wolfgang Rebus wartet mit Sicherheit schon. Hätten Sie vielleicht doch seine Adresse für mich?»

«Der wohnt im Ostertor-Viertel, Berliner Straße 24 oder 34, so genau weiß ich das nich. Zu Weihnachten hat er uns allen Geschenke gemacht. Für jeden gab es einen sehr guten Obstler aus dem Elsass. Das ist ein feiner Mann, ihr Freund.»

Zu allem Überfluss wohnte der Kerl auch noch ganz in seiner Nachbarschaft, gerade mal vier oder fünf Straßen weiter. Alexander stellte den Wagen ab und lief die letzten Meter zu Fuß. Im Ostertor-Viertel fanden sich überwiegend enge, schmale Straßen, Gassen fast, viele davon mit Kopfsteinpflaster. Die «Bremer Häuser» genannten Wohnzeilen bestanden mehrheitlich aus Einfamilienhäusern, selten breiter als fünf Meter und drei bis vier Etagen hoch. Die Gegend war überschaubar und gemütlich, und da hier viele junge Leute und Ausländer wohnten, lag ein Hauch von Leichtigkeit in der Luft, wie importiert aus einer italienischen, einer südländischen Stadt.

Jasmina und der Fotograf standen am Fenster in der ersten Etage. Gerade reichte er ihr ein Glas. Von diesem Augenblick an wurde Alexander ein Teil ihres Abendprogramms. Der Pferdeschwanz beugte sich zu Jasmina hinüber und gab ihr einen Kuss. Er versuchte es jedenfalls, aber sie wich ihm aus. Daraufhin zog er sie am Arm zu sich heran und küsste sie erneut, diesmal mit etwas größerem Erfolg, aber wieder löste sie sich und ging auf Distanz. Alexander hatte den Eindruck, dass sie ihn in ein Gespräch zu verwickeln suchte. Aber Wolfgang Rebus ließ nicht nach, was Alexander ihm nicht einmal verübeln konnte. Jasminas Nähe, ihre bloße Berührung löste in ihm selbst jedes Mal ein sinnliches Feuerwerk aus. Es war unschwer auszumalen, was der Kerl als Nächstes machen würde.

Alexander suchte sich einen losen Pflasterstein und warf ihn mit voller Wucht in das Fenster. Der Krach war so gewaltig, dass sie erschrocken voneinander abließen. Zuerst sah ihn Wolfgang Rebus, dann Jasmina. Niemand sagte ein Wort. Dann geschah etwas Merkwürdiges. Alexander hörte, wie der Fotograf schwer und immer schwerer atmete. Er griff sich an den Hals und murmelte einige Worte, die Alexander nicht verstand.

«Er sagt, dass er Asthma hat!», rief Jasmina Alexander aus dem Fenster zu. Sie wirkte völlig aufgelöst und verzweifelt. Sie schien etwas zu suchen. «Ich finde sein Spray nicht!»

Alexander erinnerte sich, dass es ganz in der Nähe eine Apotheke gab. Mit etwas Glück hatte sie Nachtdienst.

«Okay, ruf den Notarzt. Ich lauf zur Apotheke. Wenn er aufhören sollte zu atmen, musst du ihn durch den Mund beatmen. Hast du verstanden? Durch den Mund.»

Alexander hatte keine Ahnung, ob ihm das helfen würde, medizinisch gesehen. Doch immerhin wäre es ein erstklassiger Abgang. Keine Frage, er wünschte ihm Tod und Teufel. Aber nicht um jeden Preis.

Gott, war er ein guter Mensch. Er rannte zur Apotheke, die tatsächlich geöffnet hatte, und kaufte fünf Asthmasprays, alle vorrätigen Fabrikate. Für den Fall, dass der Kerl Markenfetischist war. Jasmina machte die Tür auf und riss ihm das Spray aus den Händen. Der Pferdeschwanz inhalierte wie ein Drogensüchtiger. Zufrieden stellte Alexander fest, wie hilflos und elend er aussah. Seine blendende Eitelkeit war verflogen. Der strahlende blonde Held, eine Ruine seiner selbst.

Wolfgang Rebus zeigte, dass er ein guter Verlierer war. Als der Notarzt kam und ihn fragte, was es mit der zertrümmerten Fensterscheibe auf sich habe, sprach er von Kollegenneid. Das komme in seiner Branche, der Fotografie, des Öfteren vor, damit müsse er leben.

Gleich darauf verließ Jasmina das Haus, Alexander folgte ihr. Sie hatte sich mit knappen Worten verabschiedet, und sein Gefühl sagte ihm, dass keine Gefahr mehr drohte. Schweigend gingen sie nebeneinanderher.

«Alexander, ich …»

«Schon gut. Sag nichts. Die Dinge passieren.»

«Ich möchte dir trotzdem danken, dass du … dass du das Spray besorgt hast.»

«Um ehrlich zu sein: Ich hatte mir überlegt, einen Umweg zu machen und mich zu verspäten. Aber das hättest du mir sicher nicht verziehen.»

Jasmina lächelte. «An deiner Stelle hätte ich die Apotheke in Brand gesteckt.»

«Die Fensterscheibe hat gereicht.»

«Offenbar weißt du genau, was du willst», sagte sie, und es hörte sich beinahe liebevoll an.

«Geht so. Wollen wir noch einen Kaffee bei mir trinken?»

«Alexander, bitte. Nicht jetzt. Nicht heute Abend. Da vorne ist ein Taxistand. Ich fahre nach Hause.»

Alexander ging in seine Wohnung, legte eine CD mit orientalischer Musik ein und überlegte, ob er sich eine Wasserpfeife anzünden sollte. Aber er hatte keinen Tabak mehr, wie er feststellte. Stattdessen setzte er sich an den Schreibtisch und widmete sich seinen Lehrbüchern der Geowissenschaften, was er schon viel zu lange nicht mehr getan hatte.

Es war ein guter Tag, sagte er sich.

15

Seinen Vater sah Alexander nur noch selten. Er habe viel zu tun, klagte der, doch in erster Linie war er auf der Flucht vor sich selbst. Die bevorstehende Trennung von seiner Frau traf ihn mehr, als er sich eingestehen mochte. Beruhte ihre Ehe auch nur noch auf schlechten Gewohnheiten und Routine, so war doch die Erinnerung an ein gemeinsames Leben nicht einfach auszulöschen. Ebenso wenig wie das Versprechen einer Zukunft zu zweit, das nach einem Vierteljahrhundert nicht mehr galt. Alexander erinnerte seinen Vater an eine Weisheit, die dieser gerne weitergab, vermutlich irgendeinem Buch entnommen: «Von Zeit zu Zeit brauchen wir einen gewaltigen metaphysischen, symbolischen Sturm. Ist er erst einmal vorübergezogen, erinnert sich niemand mehr, wie man ihn eigentlich überstanden hat. Aber eins ist gewiss. Nach dem Sturm bist du ein anderer Mensch als vorher.»

Alexanders Mutter wiederum flüchtete sich in die Kreativität der Küche und verstieg sich zu immer neuen Experimenten quer durch die Kulturen, von der Knödelsuppe bis hin zu indonesischen Spezialitäten, die im Erdloch vor sich hin garten und schließlich von der Nachbarkatze geplündert wurden. Gleichzeitig wurde seine Mutter eine der getreuesten Jüngerinnen Aminas. Das Restaurant wurde ihr zweites Zuhause. Sie notierte alle Anregungen und Rezepte und ging manches Mal den Küchenhilfen zur Hand. Selten hatte Alexander seine Mutter so präsent, so voller Energie erlebt wie hier. Ihren neuen Freundinnen gegenüber räumte sie ein, dass ihr der Couscous mit Lamm und Gemüse weniger gut gelungen sei und ihr Sohn nur aus Höflichkeit davon gegessen habe. Eigentlich sei ihr das Essen so gründlich misslungen wie der Frau des Gefängnisdirektors, Layla, die dem größten Esel aller Zeiten einen Couscous bereitet hatte, der nicht lange in seinem Magen blieb.

Aufgeregt fielen die Frauen, die an Aminas Kochkurs teilnahmen, einander ins Wort. Der größte Esel aller Zeiten sei doch wohl niemand anders als Sid Mohammed selbst? Amina lächelte. Manchmal wisse auch sie nicht, mit wem sie es eigentlich zu tun habe. Waren wir nicht alle auf der Suche nach uns selbst? Änderten wir nicht ständig unsere Ziele und Sehnsüchte? «Ich kann nur sagen, dass Sid Mohammed und ich beschlossen haben, unseren Weg gemeinsam zu gehen. Ich kann nicht ohne ihn leben, und er nicht ohne mich.»

Im Wesentlichen gab es zwei Gruppen unter den Damen im Kochkurs. Die einen, angeführt von Alexanders Mutter, sahen in der arabischen Küche eine Art Mysterium. Sie sehnten sich nach Veränderung, nach Leidenschaft, und sie glaubten, Aminas Restaurant sei das Rezept dafür. Hinzu kam die Lebensgeschichte Sid Mohammeds, die er vortrug, als wäre sie nicht seine eigene. Das regte die Phantasie der Frauen an, während sich ihre Männer vornehmlich an seinen Abenteuern wärmten und dankbar waren für ihre eigene Sicherheit und den beruflichen Erfolg. Erstaunlich war, dass die Anhängerinnen dieser Philosophie die schlechteren Köchinnen waren. Egal, woran sie sich versuchten, in der Regel war ihr Essen eine Katastrophe.

Die zweite Fraktion bestand aus Frauen, die sich langweilten und Abwechslung suchten, die Italienisch oder Spanisch an der Volkshochschule gelernt hatten, ihre Kinder nachmittags beim Reitunterricht wussten. Sie waren auf der Suche nach Anregungen, die ihnen nicht allzu viel abverlangten, aber Gesprächsstoff boten für den Freundeskreis oder den gerädert von der Arbeit heimkehrenden Ehemann. Diese Frauen wiederum konnten erstaunlich gut kochen, versuchten sich an immer neuen Kreationen, die sie anschließend Amina vorführten. Warum sie in der Küche so erfolgreich waren, ihre Kolleginnen aus der Abteilung Sinnsuche hingegen bestenfalls mit Spiegeleiern brillierten, blieb Alexander ein Rätsel.

Und dann geschah etwas sehr Merkwürdiges. Sid Mohammed wurde zum Popstar. Er selbst war über diese Entwicklung am meisten irritiert und wusste nicht, was er davon halten sollte. Seine Geschichten hatten mittlerweile so viele Zuhörer gefunden, dass sie mit Lautsprechern in Richtung Lesumer Deich übertragen wurden, wo Jung und Alt auf Klappstühlen oder einfach auf einer Decke im Gras saß. Es ging um Liebe, natürlich, und davon erfuhr der junge Sohn Sid Allawis mehr, als er verkraften konnte.

«Nach seiner Entlassung aus dem Gefängnis und dem Tod der Mutter nahmen sich zwei Frauen seiner an, die beide ihr Herz an den schönen und geheimnisvollen Jüngling verloren hatten. Da war Layla, die Frau des Gefängnisdirektors, der nunmehr um sein Leben fürchtete und nachts vor Angst nicht mehr schlief. Und ihre neue Freundin, die Frau des Gouverneurs, Ibtisam mit Namen, was ‹Lächeln› bedeutet. Sie hatte die Freilassung Sid Mohammeds bewirkt und fand ebenso Gefallen an dem phantasiebegabten Poeten wie zuvor schon Layla. Diese erinnerte ihn an sein Versprechen, einmal die Woche für sie beide zu kochen, für sie und ihre neue Freundin.

Aber was sollte der Sohn Sid Allawis an Köstlichkeiten

zubereiten, die den hohen Ansprüchen zweier erfahrener, angesehener Frauen genügen könnten? Er überlegte, was wohl Gerhard Rohlfs am liebsten gegessen haben mochte, und fand auch gleich die Antwort, zumindest in seiner Phantasie: Schnitzel. Keine Frage, der berühmte Afrikareisende aß liebend gern Schnitzel. Schnitzel zum Frühstück, Schnitzel zu Mittag, Schnitzel vor dem Schlafengehen. Der größte Esel aller Zeiten überlegte, ob es wohl irgendwo in Marrakesch Schnitzel zu kaufen gäbe. Das war natürlich nicht der Fall, denn Schweine gelten im Islam als unrein. Schweinefleisch war daher auf dem Schwarzmarkt schwerer zu finden als Kif Kif, der beste Hanf der Welt aus dem Rifgebirge im Norden. Also kaufte der Sohn Sid Allawis eine ordentliche Portion Kif Kif, erstand zusätzlich ein paar Gewürze, Gemüse und Kartoffeln sowie einige Scheiben zartes Kamelfleisch. Wieder zu Hause angekommen, war er frohen Mutes. Er würde den kräftigen Geschmack nach Kamel betäuben, indem er das Fleisch in einer Marinade aus Essig und Olivenöl einlegte, nicht zu vergessen natürlich das Kif Kif. Auf diese Weise entstand ein sehr marokkanisches Schnitzel, aber der größte Esel aller Zeiten hatte keinen Zweifel, dass auch sein unerreichtes Vorbild Gerhard Rohlfs mit dem Ergebnis zufrieden gewesen wäre.

Layla und Ibtisam nahmen in dem geräumigen Innenhof des Hauses von Sid Allawi Platz. Vögel zwitscherten in den Orangen- und Zitronenbäumen, die Schatten spendeten und ein wenig Kühle, das Wasser im Springbrunnen rauschte sanft und beständig wie ein ferner, unsichtbarer Fluss, der über die Ufer getreten und zu einer Melodie geworden war. Die beiden Damen suchten sich die schönste Stelle unter einem ausladenden, mit Früchten behangenen

Baum und priesen den Wohlgeruch von Jasmin, der durch die Lüfte zog, ebenso die friedliche Stimmung des Ortes. Sie saßen zu ebener Erde auf Matten und forderten den Sohn Sid Allawis auf, das Essen herbeizuholen. Er tat, wie ihm geheißen, und bemerkte wohl ihr leises Kichern, denn ein arabischer Mann verirrt sich selten in die Küche, und niemals bedient er bei Tisch. Sie priesen die Schlankheit seines jugendlichen Körpers, den Flaum in seinem Gesicht und die Anmut seiner Bewegungen, und der Sohn Sid Allawis sah verschämt zu Boden. Er trug auf, was er vorbereitet hatte: eine Schüssel mit Schnitzel und vielerlei anderen Wohltaten. Er fürchtete, die Damen würden sich über ihn lustig machen, aber das taten sie nicht. Sie lobten vielmehr seine segensreichen Hände, die eine solche, noch nie zuvor gekostete Speise erschaffen hatten. In ihren Stimmen lag so viel Erotik und Verheißung, dass dem Sohn Sid Allawis heiß und kalt wurde. Tatsächlich aßen sie mit höchstem Genuss, die Schüssel leerte sich, und der größte Esel aller Zeiten hatte Sorge, dass sie womöglich eine Überdosis Kif Kif zu sich nehmen könnten. Es geschah, was geschah, und keine Stunde später lagen die beiden Frauen kichernd auf ihren Matten und machten anzügliche Bemerkungen. Layla flüsterte Ibtisam etwas ins Ohr, bis die Frau des Gouverneurs vor Lachen nicht mehr an sich halten konnte. ‹He, du!›, rief sie schließlich. ‹Meine Freundin sagt, deine Rute sei groß und schlank wie eine Gerte. Zeige uns, was du hast und was du kannst!›

Allah ist groß und der Prophet mein Zeuge – wie sollte ein minderjähriger Jüngling den Forderungen von zwei Frauen widerstehen, die so mächtig und einflussreich waren? Ein Wort von Ibtisam, und er würde auf immer und ewig im Kerker enden. Oder in der Wüste, den Hyänen zum Fraß. Gerade stand er im Begriff, der Macht zu genügen, da sagte Layla: ‹Halt! Sage uns ein schönes und sinnliches Gedicht, das aufregt und schlaflose Nächte bereitet. Und wehe dir, wenn du dich nicht von deiner besten Seite zeigst!› Die beiden Frauen lachten und scherzten, doch der Sohn Sid Allawis wusste nicht einmal zu sagen, ob die beiden ahnten, wie es um sie stand. Er hatte keine Wahl, er musste sie für einige Zeit unterhalten, damit sie nicht auf noch verwegenere Ideen kämen. Im Zweifel würde er so lange Gedichte rezitieren, bis sie selig einschliefen und von der Erfüllung ihrer Sehnsüchte träumten. Und beim nächsten Mal gab es Couscous, kein Schnitzel, so wahr ihm Gott helfe.

Er holte Luft und improvisierte. ‹Aus den tiefsten Tiefen des Meeres stieg Adonis empor und legte seine männlichen Arme um die Jungfrau am Strand. Er berührte sie zärtlich, den Adern ihrer Arme folgend, hinauf zu den höchsten Hügeln, die sanft bebten unter dem Ansturm seiner warmen Hand. Sei mein Verhängnis, flehte sie ihn mit großen mandelbraunen Augen an. Adonis beugte sich hinab zu ihrem schmachtenden Mund, dem liebenden Versprechen. Doch der schöne Jüngling zögerte. Weißt du denn nicht, dass ich sterbe, wenn ich dich liebe, und erst wieder geboren werde, wenn du dich von mir löst und deine Liebe den Menschen schenkst? Das kann nicht sein, sprach Aphrodite und zog ihn zu sich herab, bis er den Verstand verlor und ihr zu Willen war. Doch es geschah, wie er gesagt hatte. Kaum ließ sie von ihm ab, zerfiel er zu Staub. Stumm und sehnsuchtsvoll sitzt Aphrodite seither am Strand, außer sich vor Schmerz. Sie betet, dass er wiederkehren möge, doch Adonis bleibt verschollen und taucht nicht mehr auf aus den Tiefen des Meeres. Unmöglich, beschwor Aphrodite die Mächte des Schicksals, unmöglich könne sie die Reinheit ihrer Liebe an die Menschen verschwenden, eher faule ihr die Hand am Körper. Aus Kummer wurde ihr Herz zu Stein, umspült von der Flut ihrer Tränen. Aphrodite, von blinder Liebe geschlagen, erkannte nicht die Botschaft der Götter. Einmal im Jahr, im Frühling, zieht sie vom Strand in die Berge und Täler, wenn die ersten kräftigen Sonnenstrahlen auch die Hoffnung zu neuem Leben erwecken. Dann pflanzt sie ohne Unterlass Adonisgärten, in Töpfe gebettete Pflanzen, die schnell aufblühen und ebenso schnell vergehen. Und Aphrodite weint und beklagt ihr Schicksal, fleht die Götter an, Erbarmen zu zeigen und sie den Weg dieser Pflanzen gehen zu lassen, doch sie erhören sie nicht, ebenso wenig wie Aphrodite die Worte Adonis'.›

So also sprach der Sohn Sid Allawis, und die Frau des Gouverneurs entbrannte in heftiger Liebe zu ihm und seinen schönen Worten. Sie zog ihn zu sich herab, und er folgte den Adern ihrer Arme und eroberte bebende Hügel wie zuvor Adonis. Den größten Esel aller Zeiten allerdings quälte die Angst. Was, wenn Ibtisam nicht länger ihrem Rausch erläge und der Wahrheit ins Auge sehen müsste? Die mächtigste Frau in Marrakesch, sie hatte für mehrere Stunden den Verstand verloren. Etwas, wofür ihr Mann sie umbringen würde, sollte er jemals davon erfahren. Sie, aber auch den Sohn Sid Allawis, der ihr in diesem Augenblick zu Willen war. Doch er verdrängte seine Sorgen und kostete die Früchte des Paradieses, gierig und ohne Scham. Ibtisam war eine Göttin der Leidenschaft, die ihn führte und Künste lehrte, von denen andere nicht zu träumen wagen. Vor allem aber versicherte sie ihm, dass er nichts zu befürchten habe, nicht von ihr und schon gar nicht von ihrem Mann, der ein Hurenbock ohne Sinnlichkeit oder Leidenschaft sei.

Der größte Esel aller Zeiten, der in Ibtisams Schoß versank und mit seiner linken Hand die wogenden Granatäpfel der unruhig schlafenden Layla umsorgte, war mehr als erstaunt. Beide Frauen waren etwa Mitte vierzig, doch die Haut Ibtisams duftete nach Zedernholz und Olivenöl, war sanft und weich wie die eines Kindes. Er fragte sich, was er wohl bei einer Gleichaltrigen empfinden mochte, wenn er schon bei diesen Frauen, im Alter seiner Mutter, ein Höchstmaß an Beglückung und Erfüllung fand? Vielleicht würde er wahnsinnig werden, dachte er, als nichts mehr ihn hielt und Ibtisam ihm Worte süß wie Honig schenkte.»

Die erotischen Erzählungen Sid Mohammeds zogen die Zuhörer dermaßen in ihren Bann, dass ihre Zahl nicht aufhörte zu wachsen. Auch die Medien entdeckten den neuen Star an der Lesum. Den Anfang machte ein Auftritt bei *buten un binnen,* der regionalen Abendschau, deren plattdeutscher Name «Draußen und drinnen» bedeutet. Eine junge Moderatorin, die ihn sichtlich anhimmelte, stellte ihm Fragen, die ihr großes Erstaunen kaum verbargen:

Scheherezade erzählte die Geschichten aus «Tausendundeiner Nacht», damit der vom Leben und den Frauen enttäuschte König sie nicht nach einer gemeinsamen Liebesnacht umbringen lässt. Geht es Ihnen ähnlich, wollen Sie am Leben bleiben, wenn ich so sagen darf?

Meine Königin, meine Frau Amina, wird sich nicht an mir vergehen. Aber Sie haben recht, die Geschichte, die ich erzähle, verfolgt ein Anliegen. Ich möchte die Menschen anhalten, keiner Fassade zu trauen und sich einzulassen auf eine Reise zu den eigenen Sehnsüchten und Träumen.

Hat das nicht auch etwas Bedrohliches? Eine Fassade bietet Schutz und Sicherheit.

Da haben Sie wohl recht. Ich will niemanden missionieren. Ich mache ein Angebot, und niemand ist verpflichtet, es anzunehmen.

In gewisser Weise flüchten Sie vor der Realität.

Ich glaube nicht an die Wirklichkeit. In den meisten Fällen erweist sie sich als trügerisch. Wem können Sie vertrauen, was hat Bestand? In meinen Augen nur die Phantasie. Die glücklichsten Menschen sind Kinder, weil sie allein ihrer Eingebung folgen.

Warum haben Sie Ihr Restaurant in Deutschland eröffnet, abgesehen von Ihrer Verehrung für Gerhard Rohlfs? Gefällt es Ihnen nicht in Marokko oder Frankreich?

Ich bewundere Deutschland, weil es ein Land ist, in dem die Züge einigermaßen pünktlich fahren, Gesetze mehr oder weniger für jeden gelten und die Menschen bereit sind zuzuhören. Sie sind neugierig auf Geschichten. Ich glaube, die Deutschen sind sehr rational, aber gleichzeitig sind sie wie Kinder. Und das gefällt mir, diese Mischung. Das gibt es nur hier, vielleicht noch in Österreich oder der Schweiz. Es hat auch zu tun mit der Sprache. Deutsch ist sehr genau und konkret. Auf Französisch oder Arabisch können Sie stundenlang reden, ohne irgendetwas zu sagen. Das geht im Deutschen nicht.

Das werden unsere Politiker gerne hören. Warum kommt Ihre Frau Amina in Ihren Geschichten nicht vor?

Sie ist die ganze Zeit gegenwärtig, haben Sie das nicht gemerkt? Alles, was ich erzähle, führt hin zu ihr.

Und was werden Sie machen, wenn Sie mit Ihrer Erzählung am Ende sind?

Ich weiß es nicht. Ich weiß es wirklich nicht. Ich mag nicht einmal darüber nachdenken.

16

Sid Mohammed, der Popstar. Nicht allein wegen seiner zahlreichen Anhänger. Zunehmend erhielt er eine gewissermaßen seelsorgerische Funktion. So wie Aminas Kochkünste die Frauen aus Lesum und Umgebung anzogen, fühlten sich Männer jeden Alters durch Sid Mohammed ermutigt, Rechenschaft abzulegen und ihr eigenes Leben in Worte zu fassen. Sie trafen sich spontan auf dem Lesumer Deich. Dabei entstanden neue Freundschaften, und andere, die seit Jahren oder Jahrzehnten Bestand hatten, zerbrachen. Der ungewöhnlich milde und warme Sommer trug ebenfalls dazu bei, dass bis weit nach Mitternacht Gruppen von Geschichtenerzählern durch die Vorgärten streiften, auf der Suche nach Liebeserinnerungen, die sich messen ließen an der Leidenschaft von Adonis und Aphrodite. Diese für Lesumer Verhältnisse gänzlich unbekannte Lust am Fabulieren – in Norddeutschland ist Schweigen ein anderes Wort für Leben – ging einher mit einem erstaunlichen Maß an Aufmerksamkeit ihren Frauen gegenüber. Die Blumenhändler verzeichneten steil nach oben kletternde Umsätze, die Reisebüros einen nie gekannten Boom an Kurzreisen über das Wochenende, vor allem in so genannte Romantik-Hotels.

Der Mitteilungsdrang der männlichen Restaurantbesucher war dermaßen ungestüm, dass Sid Mohammed fast erdrückt wurde von der Last der Geschichten, die über ihn hinwegrollten. Immer vorgetragen mit dem Wunsch, er möge aufmerksam zuhören und sie für gelungen halten.

Die Rolle, in die er da gedrängt wurde, war ihm höchst unangenehm. Auch deswegen, weil Heilige in der Regel auf dem Scheiterhaufen endeten, wie er sagte. Dennoch nahm er die Herausforderung an, weil er ein verantwortungsbewusster und ehrlicher Mensch war, der die Geister, die er gerufen hatte, in geordnete Bahnen zu lenken versuchte. Alexander und Jasmina erhielten eine neue Aufgabe. Sie notierten Name und Anschrift der Mitteilungswütigen und stellten Kontakte her zwischen Gleichgesinnten, deren Geschichten sich ähnelten. Aminas Restaurant wurde eine regelrechte Kontaktbörse, die von morgens bis spät in die Nacht geöffnet hatte. Sie arbeiteten im Akkord, und Alexander fragte sich, wie lange sie diese Intensität und dieses Tempo durchhalten würden. Das viele Reden, die Damen, die nach neuen Rezepten kochen lernten, und ganz nebenbei mussten sie auch noch die eigentliche Arbeit erledigen und Tag für Tag weit mehr als hundert Essensgäste mit erstklassigen Gerichten versorgen. Die zahlenden Kunden waren ja in gewisser Weise die eigentlichen Sponsoren jener erstaunlichen Umtriebe, die längst nicht mehr allein Lesum erfasst hatten, sondern ganz Bremen und das angrenzende Flachland in eine Art Taumel versetzten. Wäre Sid Mohammed auf die Idee gekommen, eine Partei zu gründen: In Bremen wäre sie als stärkste Kraft in die Bürgerschaft eingezogen.

Zu den Ersten, die den Mut fanden, ihre Geschichte zu erzählen, gehörte Alexanders Vater. «Wir müssen lernen, auf die Stimme tief in unserem Herzen zu hören», sagte er auf dem Lesumer Deich, umgeben von einer kleineren Gruppe pensionierter Angestellter des Großmarktes. Unwillkürlich wich Alexander ein paar Schritte zurück und hielt sich im Hintergrund. «Wir sind viel zu sehr Gefangene unseres Leistungsdenkens. Alles soll immer nur effizienter und kostengünstiger werden. Höher, schneller, weiter, nicht wahr? Wir laufen in einer Art Hamsterrad, das ist mein Eindruck. Und wohin soll das führen? Letztendlich sind wir alle austauschbar. Karriere ja, aber nicht um jeden Preis. Es ist schlimm genug, ständig in der Verantwortung zu stehen, Menschen entlassen zu müssen, anderen keine Zukunft bieten zu können. Einige Leute glauben, ein Chef sei eine Art Gott. Vielleicht ist er das tatsächlich, in diesen Zeiten vor allem. Doch am Ende ist auch ein Chef nur ein Rad im Getriebe.»

Sehr richtig, befanden die pensionierten Angestellten. Genau so sei es. Ganz genau so. Alexander hatte den Verdacht, dass sie nicht «Rad im Getriebe» gehört hatten, sondern «Sand».

«Ich glaube wirklich, dass Manager lernen sollten, mit ihren Gefühlen umzugehen. Sie nicht einfach nur zu verdrängen», fuhr sein Vater fort, «sondern sie in ihr Leben einzubinden. Manchmal denke ich, die meisten wissen gar nicht mehr, was Gefühle eigentlich sind. Ich habe es mir seit kurzem zur Angewohnheit gemacht, einen Nachmittag in der Woche nichts anderes zu tun, als dazusitzen, in regelmäßigen, kräftigen Zügen zu atmen und den inneren Bildern zu folgen, die dabei entstehen. Was meinen Sie, was ich dabei sehe?»

Die Rentner schwiegen.

«Ich sehe Bilder aus meiner Kindheit und Jugend. Ich sehe meinen Vater, der nie Zeit hatte, ständig gehetzt war und in meinem Alter an einem Herzinfarkt starb. Und ich sehe meine Mutter, die meinem Vater ständig Vorhaltungen machte, weil er es nie bis zum Abteilungsleiter schaffte. Ich habe mich lange gegen solche Bilder gesträubt. Das war ein

Fehler. Heute kann ich offen darüber reden, und das ist, glaube ich, ein entscheidender Schritt nach vorn.»

Alexander wurde wütend, als er das hörte. «Warum erzählst du das diesen Leuten? Mit mir hast du nie darüber geredet.»

«Alexander! Ich dachte, du wärst schon gegangen. Das ist bestimmt nicht böse gemeint. Ich hätte gar nicht gedacht, dass du dich überhaupt dafür interessierst.»

«Du redest ja nie mit mir.»

«Ich rede nicht …? Ich hatte immer den Eindruck, ich würde dir mit solchen Sachen auf die Nerven gehen.»

«Woher willst du das wissen? Du hast es nie versucht.»

«Gut, dann … dann fangen wir jetzt damit an.»

«Am besten so Geschichten wie die mit dem Borgward. Das ist die einzige, die du mir wirklich erzählt hast. Wie das damals anfing, mit Mutter und dir. Diese Richtung. Das finde ich interessant.»

«Das weißt du doch schon alles. Ich mag es nicht, wenn ich mich ständig wiederholen muss. Außerdem bist du mittlerweile erwachsen und solltest vielleicht mal darüber nachdenken, was du eigentlich willst. Ich habe jedenfalls den Eindruck, dass Jasmina dich sehr gern mag …»

Fasziniert hatten die pensionierten Angestellten ihre Blicke zwischen Alexander und seinem Vater hin- und herpendeln lassen, als verfolgten sie ein Tennismatch.

«Meine Herren, haben Sie ein Problem?», herrschte Alexander sie an. «Leben Sie auf der Straße? Gehen Sie doch nach Hause und belästigen Ihre Mütter.»

17

Die turbulenten Ereignisse im Umkreis von Aminas Restaurant lehrten Alexander, dass hinter jeder Fassade eine andere Welt auf ihre Entdeckung wartete. Schöne und geheimnisvolle Wolken zogen über Lesum hinweg. Sie entluden ihre Blitze und erzeugten Ehrfurcht vor dem Leben, das sich für einige wenige Monate in einer nie gekannten Vielfalt offenbarte. Der Alltag zeigte sich in bunten Farben, die Menschen gingen, von Ausnahmen abgesehen, respektvoll miteinander um, und in den glücklichsten Momenten schien am Deich eine neue Welt zu entstehen.

Eines Abends verließ Alexander Aminas Restaurant, und er sah, wie Lesum in ein braunviolettes Licht getaucht war, das den Häusern und den Menschen ein übernatürliches, beinahe jenseitiges Aussehen verlieh. Auf dem Weg zu seinem Elternhaus, den Deich entlang, jagten riesige Wolkenberge über ihn dahin, bestrahlt von einer unsichtbaren, lilafarbenen Sonne. Stellenweise trat ein Stück Himmel hervor, hell und grellblau, fast grünlich, wie die Adria in stillen Buchten. Nur wenige Augenblicke dauerte der Zauber, dann wurde alles dumpf und dunkel und versank in der Abenddämmerung.

Glaubwürdigen Zeugen zufolge trotteten an einem Montag rote Kühe über blaue Wiesen und grüne Wege in die Hindenburgstraße, wo sie vor der Polizeiwache aus Kaiser Wilhelms Zeiten für die Schließung aller Schlachthöfe demonstrierten. Die Polizisten waren ratlos, wie sie diesen Vorgang protokollieren sollten, der sich den bekannten

Vorschriften und dem gesunden Menschenverstand entzog. Es war dies nur der vorläufige Höhepunkt einer ganzen Serie von Ausschweifungen, die im bislang geregelten und überschaubaren Tagesablauf im Norden Bremens die Dinge auf den Kopf stellten. Unter normalen Umständen wäre ein solches Ereignis eine Sensation gewesen, der Aufmacher für Zeitungen noch in fernen Ländern. Aber der Vorgang drang gar nicht erst in das Bewusstsein der Öffentlichkeit, weil man ihn in Lesum für eine Werbekampagne von Amina und Sid Mohammed hielt. Noch die seltsamsten Erscheinungen wurden mit der allergrößten Selbstverständlichkeit kommentiert, wahlweise mit den Worten «Dascha 'n Ding» oder «So 'n Schietkram». Manchmal hieß es auch «Nee, nech». Wäre in jenem Sommer der Heiland in Lesum erschienen, hätte man ihn zu Amina und Sid Mohammed geschickt, mit der Bitte, den Bogen nicht zu überspannen.

Um die noch immer rasant steigende Nachfrage nach Orient und *Tausendundeiner Nacht,* nach ihren Geheimnissen und Mysterien einigermaßen zu befriedigen, verfiel Sid Mohammed auf die segensreiche Idee, im Gemeindesaal der Kirchengemeinde arabische Filme zu zeigen. Ein großer Publikumserfolg war der ägyptische Film *Laschin* aus dem Jahr 1938. Laschin war ein tyrannischer König, der durch die Liebe zu einer wunderschönen Sklavin zu einem gerechten Herrscher wurde. Jasmina machte sich zur Aufgabe, den Inhalt der Filme zu erklären, der sich allerdings in den meisten Fällen auch ohne große Erläuterungen erschloss.

Alexander liebte diesen einen Satz, der immer wieder in ägyptischen Melodramen fiel, vornehmlich aus den fünfziger und sechziger Jahren. Tonrauschen und Technicolor, eine flehentliche Frauenstimme, die mehr flüstert als spricht, unterlegt von einem Crescendo aus Klavier und Geigen. Dann der Höhepunkt. Das Geständnis. Die unverfälschte Reinheit des Herzens: *Ana behibbak awwi awwi.*

«Lass mich raten, Jasmina», sagte Alexander in den Gemeindesaal hinein. «Das heißt: ‹Du tust mir weh. Aua, aua.›»

«Fast richtig. Es bedeutet: ‹Ich liebe dich. Ich liebe dich so sehr.›»

Aus unerfindlichen Gründen fand dieser Schlüsselsatz Eingang in den Alltag der Lesumer, sogar die überschaubare Trash-, Punk- und Rapper-Szene machte sich das Versprechen zu eigen. Nicht mehr «Moin» oder «Tach» bestimmten das Ritual täglicher Begrüßung, vielmehr hieß es jetzt:

«Ich behibbak dich.»

«Ich dich awwi awwi.»

Als unfreundlich galten Antworten wie: «Du mich auch mal, awwi awwi.» Aber das geschah nur selten.

Nicht minder beliebt waren Verkürzungen:

«Tach, Frau Meier. Alles awwi?»

Und Frau Meier antwortete: «Na, und wie!»

Im Gangsta-Rap wurde daraus «Hibb Hibb», gefolgt von «Aww Aww», häufig kombiniert mit rhythmischen Handbewegungen bis hin zur Choreographie. Sogar Busse und Straßenbahnen wurden von Graffiti-Künstlern mit Sprüchen versehen wie: «Laschin lebt!» «Freiheit für alle Kühe!» «Heute schon geliebt?»

Das große Mysterium dieses bemerkenswerten Sommers in Lesum bestand in Alexanders Augen darin, dass anders zu sein nicht als anstößig galt. Für einige kostbare und einzigartige Monate wurde das Unbekannte und Fremde nicht als Bedrohung empfunden, vielmehr als glückliche Fügung, den eigenen Weg zu finden und tatsächlich zu gehen.

18

Mittlerweile wurden Sid Mohammeds Erzählungen auch von Radio Bremen übertragen und erzielten Einschaltquoten, die bei den Programmleitern ungläubiges Staunen auslösten.

«Obwohl Waise, war der größte Esel aller Zeiten wohlversorgt von Layla, der Gemahlin des Gefängnisdirektors, und von Ibtisam, der Gattin des Gouverneurs», fuhr Sid Mohammed in seiner Erzählung fort. «Die beiden Damen gaben sich alle Mühe, dass es dem jungen Mann an nichts fehlte und er eine gute Ausbildung erhielt. Zwei Bedienstete kümmerten sich um ihn und seine Verwandten, die sich gelegentlich in das schöne und fast leer stehende Haus in der Innenstadt von Marrakesch verirrten und im Garten lustwandelten, sofern sie nicht Erholung unter einem der Zitronen- oder Orangenbäume suchten, in der Nähe des Springbrunnens. Einmal in der Woche, in der Regel am Freitag, wenn ihre Ehemänner in der Moschee beteten, suchten Layla und Ibtisam den Sohn Sid Allawis auf und verlangten von ihm, dass er die ungestüme Kraft seiner Jugend mit ihnen teile. Auf das gemeinsame Essen verzichteten die beiden schon nach kurzer Zeit, weil der Jüngling ein schlechter Koch war und sie ihn nicht in Verlegenheit bringen wollten. Im Übrigen kamen sie nicht, um die Köstlichkeiten der Küche zu genießen, vielmehr sehnten sie sich nach dem Flaum seines Bartes und den begabten Händen, mit denen er beide zum Höhepunkt brachte, nacheinander und manchmal sogar gleichzeitig.

Der größte Esel aller Zeiten befand sich also in einer ebenso beglückenden wie aussichtslosen Lage. Er verdankte den beiden Frauen viel, im Grunde genommen alles. Ohne sie wäre er ein Nichts, ein Niemand. Sie hielten den Unbill des Alltags und jede Not von ihm fern, und sie erfüllten ihm seine Wünsche, noch bevor er sie aussprechen konnte. In gewisser Weise lebte er in einem Paradies, und seine einzige Sorge kreiste zunächst um die Kraft seiner Lenden, die einmal die Woche ein schier übermenschliches Maß an Leistung und Ausdauer zu erbringen hatten. Andererseits war er, ungeachtet seiner Jugend, klug und weitsichtig genug, auch an die Zukunft zu denken. Würde das heimliche Lustwandeln seiner beiden Verehrerinnen öffentlich werden, bliebe ihnen und ihm nur der Tod oder ein stilles Sterben in den finstersten Verliesen des Königreiches. Um keinen Preis durfte das geschehen, und er war entschlossen, jeden umzubringen, der ihr Geheimnis verraten könnte. Zunehmend zeigte er Züge grimmiger Entschlossenheit, um auf den Ernstfall vorbereitet zu sein. Er sah sich umgeben von Feinden und Verrätern, immer seltener verließ er das Haus. Nur die Schule besuchte er noch regelmäßig, und er lernte Deutsch, die Sprache Gerhard Rohlfs, für ihn eine Brücke zu seinen Eltern und seiner Jugend.

Der Gefängnisdirektor starb, und wenige Monate nach ihm wurde auch der Gouverneur beigesetzt. Layla und Ibtisam waren nunmehr fünfzig, und zum ersten Mal in ihrem Leben fühlten sie sich unbeschwert und frei. Der Sohn Sid Allawis verfasste auf jeden der beiden Helden eine Ode, die an ihren Gräbern verlesen wurde. Layla und Ibtisam lächelten unter ihren Witwenschleiern, denn er hatte die Texte entworfen, während er in ihrem Schoß verweilte.

Der Sohn Sid Allawis hatte beschlossen, Lehrer zu

werden, und studierte mittlerweile Germanistik und Geschichte an der Universität von Marrakesch. Er wollte etwas erreichen in seinem Leben und wusste, dass er dabei auf seine beiden Gönnerinnen angewiesen war. Doch seine Abhängigkeit bedrückte ihn. Der größte Esel aller Zeiten wagte nicht, mit seinen Kommilitoninnen zu flirten, geschweige denn ihnen den Hof zu machen. Zu sehr bedrückte ihn sein Geheimnis, das er mit niemandem teilen durfte. Gleichzeitig war sein Misstrauen mit der Zeit gewachsen, seine Angst vor Verrat und den tatsächlichen wie eingebildeten Feinden. So sehr hatte er sich in seine eigene Welt geflüchtet, dass er in der Wirklichkeit die Orientierung zu verlieren drohte. Er wurde ein Sonderling, der unter seiner Einsamkeit litt, ohne ihr entfliehen zu können. Er wusste, dass die Stunde der Wahrheit näher rückte. Der Sohn Sid Allawis war zweiundzwanzig, und er musste sich entscheiden, ob er frei sein wollte oder ein Diener, wenngleich mit einer angenehmen Aufgabe.

Zögernd suchte er das Gespräch mit Layla und Ibtisam, von denen er sich lösen musste, ohne ihre Gunst zu verlieren. Er war Student und mittellos, und seine Freude am Erzählen und Dichten hatte in den letzten Jahren spürbar nachgelassen. Er fragte die beiden, ob sie sich vorstellen könnten, eine Pause einzulegen.

‹Eine Pause? Wofür?›, entgegneten sie und wunderten sich.

Sie brauchten eine Weile, bis sie sein Anliegen verstanden. Die allwöchentlichen Besuche bei ihm zu Hause waren so sehr ein Teil ihres Lebens geworden, dass sie auf ihre Arme und Beine schauten und fragten: ‹Liebe Gliedmaßen, möchtet ihr euch für einige Zeit vom Körper trennen und alleine auf Reisen gehen?›

Sie zogen ihren Liebhaber zu sich herab und flüsterten ihm Zärtlichkeiten und erotische Wünsche ins Ohr. Er hörte, was sie sagten, aber nichts regte sich an ihm. Da erst wurde Layla und Ibtisam klar, wie es um ihn bestellt sein musste. Denn in all den Jahren, in denen sie einander in Freuden zugetan waren, hatte es das noch nie gegeben – eine Eselsrute, die ihren Dienst versagte. Und obwohl sie alles taten, damit sie sich erneut aufrichte wie das ihnen vertraute Bambusrohr, waren doch ihre Bemühungen vergeblich. Der Ast blieb gebogen und seine Trauben klein.

Layla und Ibtisam baten den größten Esel aller Zeiten um einen Augenblick Geduld. Sie zogen sich zurück in den hinteren Teil des Raumes und tuschelten, bis sie eine Lösung des Problems gefunden hatten. Dann trat Ibtisam hervor und sprach:

‹Du bist uns jahrelang treu zu Diensten gewesen, *Asisati*. Wir wollen dich nicht quälen oder gegen deinen Willen an uns binden. Du bist jung und hast dein Leben noch vor dir, wir dagegen blicken auf unser Leben zurück und wissen, dass du das Beste bist, was uns je widerfahren ist. In deinem Glanz haben wir uns jahrelang gesonnt, und du hast uns alles gegeben, was ein Mann zu geben imstande ist. Die Zeit der Trennung mag bald kommen, aber noch liegt sie vor uns. Wir geben dich frei, wenn du die Frau deines Lebens gefunden hast. Eine Frau, die dich liebt, wie du sie liebst, mit der du gemeinsam dem Alter entgegenblickst. Stelle uns diese Frau vor, und es sei, wie es ist. Bis dahin aber› – und Ibtisam zeigte ihr schönstes Lächeln – ‹wirst du uns zweimal die Woche zu Diensten sein, so es dem Erhabenen und Allmächtigen gefällt.›»

Und Sid Mohammed verneigte sich vor seinem Publikum und begab sich in die Küche.

19

Da die Verpflichtungen immer zahlreicher wurden und das Arbeitspensum aller Mitarbeiter in Aminas Restaurant zu explodieren drohte, war es kaum noch möglich, eine ruhige Minute zu finden. Amina und Sid Mohammed wirkten übermüdet und waren froh, wenn sie einmal nicht reden oder kochen mussten. Alexander erinnerte sich kaum, wann sie sich das letzte Mal unbeschwert und fröhlich unterhalten hatten. Alles war Routine geworden, jede Geste, jeder Handgriff. Bis ins Detail waren die Arbeitsabläufe aufeinander abgestimmt, damit der Restaurantbetrieb reibungslos lief. Auch die übrigen Aktivitäten bedurften fester Regeln. Arabische Filme mussten ausgeliehen oder eingekauft, Interviews gegeben, neue Menüs erstellt und ausprobiert, die Kochkurse fortgeführt werden – ganz zu schweigen vom Einkauf der Lebensmittel und Getränke für die Restauration. Durch den freundschaftlichen Kontakt Sid Mohammeds zu Alexanders Vater und somit zum Großmarkt war das allerdings kein Problem. Dieser bewunderte Sid Mohammed, und Alexander war überzeugt, dass sein Vater gern ein Leben führen würde wie er. Ein Leben wie ein Roman. Eine Geschichte mit Höhen und Tiefen, die am Ende einen Sinn ergab.

Anfangs bemerkte niemand die Veränderung, weil sie sich langsam und schleichend vollzog und alle Beteiligten viel zu sehr mit ihrer Arbeit beschäftigt waren. Zunächst kamen die neuen Gäste vereinzelt. Verhielten sich höflich und zurückhaltend, tranken Pfefferminztee und Wasser und schauten sich aufmerksam um. Studierten die Speisekarte, bestellten verschiedene Gerichte und lobten sie überschwänglich. Die Gesichter einiger Besucher prägten sich Alexander ein, weil sie fast täglich wiederkamen, in wechselnder Begleitung. Sie trugen Hemden ohne Kragen und Anzüge vornehmlich in Dunkelblau, Lindgrün oder Hellbraun, aus Acryl oder Polyester. Im Licht glänzte der Stoff, als wäre er mit einer Fettschicht überzogen. Die Nachlässigkeit, mit der sie sich kleideten, stand in auffallendem Gegensatz zu ihren sorgfältig gestutzten Bärten, die ihr ganzer Stolz zu sein schienen. Bei manchen waren sie kurz gehalten, wenig mehr als Fünftagebärte, bei anderen wiederum reichte die Haarpracht bis auf die Brust. Sie sprachen wahlweise Deutsch, Arabisch oder Türkisch. Sie waren bescheiden und niemals aufdringlich, machten sich beim Essen Notizen und ließen sich stets von Alexander in Empfang nehmen, während sie Jasmina ignorierten. Aminas Restaurant war nicht unbedingt preiswert, und Alexander wunderte sich, dass diese Männer stets bar bezahlten und dabei großzügig Trinkgelder gaben. Geld schien für sie keine Rolle zu spielen.

Alexander fragte Sid Mohammed, was es mit diesen Leuten auf sich habe. Der zeigte ein grimmiges Gesicht und zuckte mit den Schultern. Alexander warf einen Blick auf die Reservierungen der nächsten zwei Wochen. Ihm fiel auf, dass die Liste zahlreiche Namen enthielt, die er nicht kannte. Mit der Zeit hatte er Routine bei der Annahme von Reservierungswünschen entwickelt, viele Gäste, wenn nicht gar die meisten, waren ihm bekannt, weil sie immer wiederkamen. Ihm war entgangen, dass nunmehr eine ganze Reihe unvertrauter Namen auf der Liste stand, deutsche wie nichtdeutsche, darunter viele Ahmeds und

Alis. Alexander überlegte, ob die neuen Besucher einen Plan verfolgten. Aber welchen?

Auch Jasmina beließ es bei einem rätselhaften Gesichtsausdruck und bat ihn, keine Reservierungen mehr von Unbekannten entgegenzunehmen, schon gar nicht von Leuten mit arabischen Namen. «Was hat es damit auf sich?», fragte er sie.

«Ich hoffe, es ist nur ein Spuk, der vorüberzieht. Wenn nicht, haben wir ein Problem. Ein sehr ernstes Problem.»

Alexander verstand nicht, was sie meinte, aber Jasmina wollte das Thema nicht vertiefen, ebenso wenig wie ihr Vater. Alexander ging noch einmal die Liste der Reservierungen durch und rief die Unbekannten an, teilte ihnen mit, dass es leider an dem betreffenden Abend keinen freien Tisch mehr gebe. Ein bedauerlicher Irrtum. Im Namen des Hauses bat er um Entschuldigung.

Es interessierte die Angerufenen nicht. Sie sagten, sie würden trotzdem kommen, vielleicht hätten sie ja Glück und der reservierte Tisch sei wider Erwarten frei. Dann legten sie auf, noch bevor Alexander ihnen sagen konnte, dass sie vergeblich hofften.

Der erste Zwischenfall ereignete sich wenig später. Gerade hatte Sid Mohammed begonnen, seine erotischen Ausschweifungen mit Ibtisam und Layla zu vertiefen, da unterbrach ihn einer der Bärtigen.

«Bitte verzeihen Sie», sagte er, mehr an die Runde im Restaurant als an Sid Mohammed gewandt, «ich möchte wirklich nicht aufdringlich sein. Aber ich frage mich, ob es nicht besser wäre, Geschichten zu erzählen, die für die ganze Familie geeignet sind. Sollten wir nicht auch an unsere Kinder denken?»

«Die sind längst im Bett! Seien Sie still! Setzen Sie sich

wieder hin!» Die Zwischenrufe aus dem Publikum waren so heftig, dass der Störenfried mit großer Geste um Vergebung bat. Er hatte seinen Versuchsballon gestartet, und der war abgestürzt, ohne dass Sid Mohammed auch nur ein Wort zu sagen brauchte. Dennoch spürte Alexander, wie sich ein feiner Riss der Verunsicherung durch Sid Mohammeds Auftritt zog. Er, der an guten Tagen ganze Welten neu erfand, zeigte einen Anflug von Anspannung und Nervosität. Als stünde er vor einer Prüfungskommission, mit der nicht zu spaßen war.

Zwei Tage später waren die Bärtigen wieder da. Sie kamen so früh, kurz nach achtzehn Uhr, dass Alexander nicht ernsthaft behaupten konnte, die von ihnen reservierten Tische seien bereits anderweitig vergeben. Da er keinen Aufstand riskieren wollte, ließ er sie herein. Sie verhielten sich unauffällig und studierten die deutschen Übersetzungen arabischer Literatur, die in den Vitrinen entlang der Wände im Restaurant ausgestellt waren.

Ein Mann, der offenbar der Wortführer der Bärtigen war, sprach Alexander an. Er heiße Smihi Abu Muslim und stamme wie Sid Mohammed ebenfalls aus Marokko, aus Casablanca. Seit dreißig Jahren lebe er in Deutschland und sei Ingenieur. Er gab sich beflissen und devot, sprach von der großen Ehre und Freude, Alexander kennenzulernen. Lobte die Sprachgewalt Sid Mohammeds, mit dem er bald schon ein längeres Gespräch zu führen hoffe. Der Mittfünfziger erinnerte entfernt an Abraham Lincoln. Dasselbe kantige Gesicht, die wirre Frisur, der dem Betrachter entgegengereckte Vollbart. Seine Redseligkeit erweckte den Eindruck, er habe eine Kassette verschluckt, die nun ihr Eigenleben führte. Er hatte die Aura eines Predigers, der seine Botschaft mit großer Gewissheit verkündete und keinen Widerspruch duldete. Die übrigen Bartträger, Deutsche, Araber und Türken, versammelten sich in seiner Nähe, während er redete, und nickten. Smihi erzählte von seiner Vision einer gerechten Gesellschaft, die von Moral und Anstand getragen sei. Wieso eigentlich, fragte er Alexander unvermittelt und väterlich besorgt, seien unter den ausgestellten Büchern keine Koranexemplare zu finden?

«Wir sind keine Koranschule. Wir sind ein Restaurant.»

«Sie stellen die Werke unbedeutender Autoren aus, nicht aber das Buch der Bücher. Warum?»

Alexander sah keinen Anlass, mit Smihi Abu Muslim zu diskutieren. Abu hieß Vater, das wusste er. Der Vater der Muslime.

«Wenn es Ihnen hier nicht gefällt, sind Sie herzlich eingeladen, das Restaurant wieder zu verlassen.»

So sei es selbstverständlich nicht gemeint gewesen. «Nichts für ungut, lieber Freund, war doch nur eine Frage, mehr nicht.» Diese katzbuckelnde Unterwürfigkeit, die zudem noch geheuchelt war, erzeugte in Alexander einen Brechreiz.

Nun ergriff ein anderer Bärtiger das Wort, ein blässlicher Mann mit hennaroten Haaren und blauen Augen, etwa in Alexanders Alter.

Er sagte: «Das ist ein sehr schönes Restaurant. Ein friedlicher Ort. Und das Essen ist ausgezeichnet. Ich gebe Ihnen meine Karte. Falls wir irgendetwas für Sie tun können.»

«Licht und Glaube e.V.» stand auf der Visitenkarte. Mit Sitz in Gröpelingen. Ein trauriger Stadtteil mit viel Armut und Elend. Die meisten Mitglieder und Anhänger seien Muslime, aber auch alle anderen seien willkommen. Sie hätten ein eigenes Gemeindehaus, wo sie viel über Religion redeten, vor allem über den Islam, weil er Gottes vollkommenste Offenbarung sei. Judentum und Christentum seien lediglich «experimentelle Vorläufer» gewesen, die schließlich im Islam «ihre Vollendung fanden». Deswegen sei er konvertiert, erklärte der Rotschopf. «Früher hieß ich Hermann Winkel, jetzt bin ich Ali Mohammed. Auch weil ich finde, dass Mohammed Ali der beste Boxer aller Zeiten war. Früher hatte ich keine Ahnung, was ich mit meinem Leben machen sollte. Jetzt habe ich ein Ziel, dank Smihi. Er hat mich in einer Kneipe angesprochen, und seither ist nichts mehr, wie es mal war. Ich fühle mich gut, ich fühle mich einfach nur gut. Und dieses Gefühl, das will ich vermitteln.»

Später, als das Restaurant sich füllte, sprachen die Bärtigen die neu eingetroffenen Gäste an und versuchten, sie in ein Gespräch zu verwickeln. Soweit Alexander es verfolgen konnte, sprachen sie von den Geheimnissen des Morgenlandes. Der Magie des Orients. Dem Zauber einer anderen und doch so nahen Welt. Umso bedauerlicher sei es, dass Sid Mohammed, zweifelsohne ein begnadeter Phantast und Wortakrobat, ein Bild zeichne, das der Wirklichkeit – bei allem Respekt – in keiner Weise entspreche. Insbesondere sei der Eindruck falsch, muslimische Frauen sehnten sich nach jugendlichen Liebhabern. Vielmehr suchten sie einen Mann, der sie als Hüterin des Hauses und Mutter verehre und ihnen den gebührenden Respekt erweise. Man halte es für wichtig, auf diesen Zusammenhang hinzuweisen, damit sich die «wahnhafte Welt» des im Übrigen brillant zu nennenden Hausherrn nicht fahrlässigerweise auch in den Köpfen der Zuhörer festsetze.

Als Sid Mohammed den Saal betrat, ging der Vater der

Muslime auf ihn zu und sprach ihm seinen Glückwunsch aus. Ein großartiges Restaurant habe er aufgebaut, und zweifelsohne sei Sid Mohammed längst ein Botschafter geworden, der zwischen zwei Welten vermittle und neue Perspektiven eröffne. Dafür gebühre ihm im Namen aller Gäste Dank, den er, Smihi Abu Muslim vom Verein «Licht und Glaube», an dieser Stelle offen und ehrlich aussprechen wolle, in der Hoffnung auf ein weiteres, segensreiches Wirken unter Freunden.

Im Publikum machte sich verhaltener Unmut breit, aber niemand ergriff das Wort.

Sid Mohammed sah an dem Mann vorbei und sagte: «In diesem Restaurant kann man essen, oder man kann sich Geschichten anhören. Es gibt auch die Möglichkeit, eigene Erlebnisse und Ansichten vorzutragen, aus organisatorischen Gründen allerdings außerhalb des Hauses. Ich freue mich, wenn es Ihnen bei uns gefällt, und möchte Sie bitten, jetzt wieder Platz zu nehmen.»

Und nun geschah etwas, das niemand je für möglich gehalten hätte. Sid Mohammed hatte es die Sprache verschlagen. Er saß da und wusste nicht, wie es weiterging mit dem größten Esel aller Zeiten, mit Layla und Ibtisam. Mit der Suche nach einer Geliebten, die ihn aus der Vormundschaft seiner beiden Gönnerinnen befreien würde. Mit seinem neuen Leben, das er zu finden hoffte. Immer wieder setzte Sid Mohammed an, aber nach nur wenigen Sätzen strandete er im Nirgendwo. Alexander kam es vor, als würde Sid Mohammed von einer unbekannten Macht aus jener inneren Spur geworfen, die ihn bislang so sicher durch seine Erzählungen geleitet hatte, Abend für Abend.

Alexanders Vater erhob sich, um ihm beizustehen. Glücklicherweise kam er wieder regelmäßig, nachdem er die letzten Wochen kaum Zeit dazu gefunden hatte. Mittlerweile wohnte er bei Frau Meißner, seiner Sekretärin, die Alexander bislang nur vom Namen her kannte. Seine abendlichen Besuche im Restaurant, allein, ohne Begleitung, waren für ihn wohl eine Art Brücke in die eigene Vergangenheit, mit der er noch lange nicht abgeschlossen hatte. Das war jedenfalls Alexanders Eindruck. Er lebte in einer Zwischenzeit, in einer Art Vakuum. Möglicherweise war er selbst nicht überzeugt, dass seine Affäre mit Frau Meißner Bestand haben würde. Vielleicht fürchtete er, sie könne eines Tages enden. Meistens setzte er sich an einen Tisch, von dem aus er die Umrisse seines früheren reetgedeckten Hauses sehen oder wenigstens doch erahnen konnte.

Er sagte: «Niemand in dieser Runde kann Geschichten erzählen wie Sid Mohammed. Durch ihn haben wir alle zurückgefunden in eine Welt, die wir verloren glaubten. Dafür verdient er Respekt und Anerkennung.»

Bravorufe aus dem Publikum, Beifall und allgemeine Zustimmung. Auch die Bärtigen klatschten. «Wenn er nun», fuhr Alexanders Vater fort, «heute Abend nicht die richtigen Worte findet, dann sollten wir ihm das nicht verübeln und uns vor allem daran erinnern, dass wir uns in einem Restaurant befinden und nicht in einem Theater.»

«So ist es!» «Amina und Sid Mohammed leben hoch!»

Danach wandten sich die Gäste wieder ihrem Essen zu und setzten ihre Tischgespräche fort. Da Radio Bremen seine Erzählungen nicht live, sondern mit zwei bis drei Tagen Verzögerung übertrug, zeigte auch der Tontechniker Verständnis und bestellte eine Flasche Ksara, einen fruchtigen Merlot aus dem Libanon, den Kenner zu den besten Weinen der Welt rechnen. Die Bärtigen ihrerseits ließen eine gewisse Ratlosigkeit erkennen, vielleicht hatten sie mit diesem leichten Sieg nicht gerechnet.

Alexander fragte Sid Mohammed, ob sie die Fraktion «Licht und Glaube» vor die Tür setzen sollten, aber er hielt das für keine gute Idee.

«Weißt du, wenn diese Leute Witterung aufgenommen haben, dann lassen sie nicht mehr ab von ihrer Beute. Das sind Schmarotzer, die uns seit langem im Visier haben, davon bin ich überzeugt. Sie haben erkannt, dass wir erfolgreich sind. Diesen Erfolg wollen sie für sich nutzen. Am liebsten würden sie das Restaurant übernehmen und in ihrem Sinn weiterführen. Ich kenne ihre Mentalität, das kannst du mir glauben. Sie sehen uns als Mittel zum Zweck, um neue Anhänger zu finden. Sie wollen in die Mitte der Gesellschaft, weg aus den Hinterhöfen. Deswegen sind sie hier.»

«Aber solange sie wiederkommen, wirst du dich unwohl fühlen und Schwierigkeiten haben, dich auf deine Geschichte zu konzentrieren. Wir müssen eine Lösung finden», sagte Alexander.

Sid Mohammed zuckte nur mit den Schultern.

20

Am nächsten Tag scheiterte Sid Mohammed erneut bei dem Versuch, den roten Faden seiner Geschichte wieder aufzunehmen. Das Publikum blieb gelassen. Viele Gäste glaubten, er wolle vor allem die Spannung steigern. Die Bärtigen allerdings wussten, dass dem nicht so war. Grinsend hatten sie rechtzeitig ihre Plätze eingenommen, lange vor den übrigen Gästen. Alexander konnte nichts machen. Sie hatten reserviert. Und Sid Mohammed zögerte noch immer, sie vor die Tür zu setzen.

Diese Schwäche nutzte Smihi Abu Muslim, der selbst ernannte Reisende in Sachen Religion. Mitten in das Schweigen Sid Mohammeds hinein sagte er: «Alle Pilgerfahrten beginnen mit einem Ruf. Eines Tages entdeckte ich ein kleines Samenkorn in meiner Handfläche, und gleichzeitig hörte ich eine Stimme über mir sagen: ‹Du wirst den Glauben zur Vollendung bringen, den Menschen zum Wohlgefallen.› Und seit diesem Tag wächst das Samenkorn und hört nicht auf zu wachsen. Gepriesen sei der Herr der Zeiten, der uns aus dem Nichts erschuf.»

Alexanders Vater, rührig wie immer und erfahren genug, einen Prediger von einem Rattenfänger zu unterscheiden, ergriff ein weiteres Mal das Wort: «Was bewegt einen gelernten Ingenieur, sich als Stimme des Herrn zu versuchen?»

«Das will ich Ihnen gerne erklären», erwiderte der Vater der Muslime lächelnd. «Alkohol und Nikotin vergiften die Seele. Die Menschen wissen nicht mehr, wer sie eigentlich sind. Männer wollen wie Frauen sein und Frauen wie Männer. Sie geben sich sinnlichen Freuden hin und vergessen dabei ihre Pflichten. Die Welt gerät aus den Fugen. Das Böse kämpft gegen die Gerechtigkeit, die Freiheit, Gott zu dienen. Wir sind umgeben von Feigheit und Lüge. Niemand wagt mehr, für das Gute einzustehen. Wir ertrinken in einem Meer aus Konsum und Materialismus. Die Menschen im Osten und die im Westen. Es geht darum, Brücken zu bauen, die uns in eine andere, eine bessere Welt führen. Und wer wäre dafür besser geeignet als ein erfahrener Ingenieur?»

«Das Fundament des Glaubens erweist sich oft genug als brüchig», bemerkte Alexanders Vater.

«Wenn die Versuchung stärker ist als der Glaube, dann passieren Dinge, von denen uns Sid Mohammed berichtet. Dann siegt die Schwäche des Fleisches über die Stärke des Geistes, und der Mensch wird vertrieben aus dem Paradies, ein rastloser Wanderer zwischen den Welten, der in einem Restaurant stranden mag oder anderswo, in seinem Herzen aber ohne Wurzeln bleibt. Der an seinen eigenen Illusionen scheitert, weil er keine Autoritäten anerkennt. Keine weltlichen, keine geistlichen. Von Gott ganz zu schweigen.»

Das Publikum folgte den Ausführungen mit gemischten Gefühlen. Alexander sah Ablehnung und Befremden in den Gesichtern der Zuhörer, aber auch Neugierde und Interesse. Smihi Abu Muslim war ein charismatischer Redner. Er sprach mit einer warmen, gütigen Stimme, die gleichzeitig Härte und Entschlossenheit erkennen ließ. Er wusste, was er wollte, und dieses Wissen verlieh ihm Macht. Niemand forderte ihn auf, zu schweigen oder zu gehen, anders als am Tag zuvor.

Sid Mohammed stand ratlos in einer Ecke und ließ die

Dinge geschehen. Er griff nicht ein, er wehrte sich nicht, obwohl er der Hausherr war. Das allerdings fand Alexander am erstaunlichsten. Diese lähmende Passivität, die so gar nicht zu Sid Mohammed passte. Er fragte sich, welcher Dämon ihn wohl reiten mochte.

Jasmina sagte nur: «Ich kenne diese Typen. Sie sind alle gleich. Die haben uns schon in Marokko nicht in Ruhe gelassen. Offenbar finden sie uns irgendwie anziehend. Oder die Kerle fühlen sich provoziert. Wir müssen sie schleunigst wieder loswerden, sonst passiert noch ein Unglück.»

Sie lief in die Küche, zu ihrer Mutter. Unterdessen verteilten die Bärtigen Visitenkarten unter den Gästen, und der Vater der Muslime gab mit sonorem Tonfall bekannt, dass der Verein «Licht und Glaube» alle Anwesenden einlade und die Auslagen für den heutigen Abend übernehme, mit Ausnahme der alkoholischen Getränke.

Nur wenige lehnten das Angebot ab, darunter Alexanders Vater. Die Bärtigen wussten, wie man Politik machte, stellte Alexander ebenso anerkennend wie misstrauisch fest. Eine alte Geschäftsregel seines Vaters besagte: *There is no such thing as a free meal.* Die eigentliche Rechnung würden sie zweifelsohne später präsentieren.

Doch zunächst hatte Amina ihren ersten öffentlichen Auftritt. Wie eine Walküre fegte sie über das Parkett, ihr ganzer Körper eine einzige Geste der Leidenschaft und Empörung.

«Hier werden Einladungen ausgesprochen und Rechnungen übernommen? Was für eine große, was für eine noble Tat! Da möchte unser Haus nicht zurückstehen. In Erinnerung an die Glückseligkeit, die der größte Esel aller Zeiten bei Layla und Ibtisam genießen durfte, werden wir in den nächsten Tagen Schnitzelgerichte präsentieren, Schnitzel von der Qualität und Güte, wie sie der Sohn Sid Allawis in Marrakesch erprobte. Ein Genuss für die Sinne, allerdings frei von Rauschmitteln. Und nicht vom Kamel, sondern vom Schwein, wie es sich für Schnitzel gehört. Diejenigen unter Ihnen» – sie hielt einen Augenblick inne und bedachte die Bärtigen mit vernichtenden Blicken –, «diejenigen unter Ihnen, die Schweinefleisch nicht mögen oder ihm aus anderen Gründen nicht zugetan sind, wollen die nächste Zeit bitte andere Lokalitäten aufsuchen, denn wir werden nichts anbieten außer Schnitzel. Auf Kosten des Hauses selbstverständlich. Das verlangt die Gastfreundschaft.»

Einige Gäste klatschten, andere vertieften sich sogleich in angeregte Gespräche, um sich über den erstaunlichen Verlauf dieses Abends auszutauschen. War das alles eine Inszenierung? Gehörten die Bärtigen zum Programm? Oder brauchten Amina und Sid Mohammed möglicherweise Hilfe? Allenthalben Unsicherheit und Ratlosigkeit. Niemand mochte sich festlegen, niemand ein abschließendes Urteil fällen. Und doch lag Wehmut in der Luft, das Gefühl, dass eine schöne und bewegende Zeit ausklingen könnte. So wie der Sommer sein nahendes Ende erahnen ließ, da die Tage merklich kürzer und die Nächte kühler wurden.

Es geschah, wie Amina angekündigt hatte. Mit ihrem geschickten Schachzug hatte sie die Bärtigen hinauskomplimentiert. Gläubige Muslime wie sie aßen kein Schweinefleisch. Auch Amina ekelte sich vor Schweinen, doch glücklicherweise kam ihr Alexanders Mutter zur Hilfe.

«Lass mal, Amina. Ich mach das schon», sagte sie und kaufte auf dem Biobauernhof hinter der Lesumer Kirche ganze Schweinehälften ein, die sie anschließend in der Küche des Restaurants zubereitete.

Im ersten Augenblick fasste sich Alexander an den Kopf und wähnte Aminas Restaurant dem Untergang geweiht – Kochen war bekanntlich keine Kunst, die seine Mutter von Natur aus beherrschte. Andererseits wusste sie eine Hand voll Gerichte routiniert zuzubereiten, und eines dieser Gerichte war Schnitzel. Zartes Filet, Eiersemmelkruste, Bratenfett. Dazu lauwarmer Kartoffelsalat. Alexander selbst mochte das Zeug nicht mehr sehen, doch im Kampf gegen die Bärtigen gab es kaum eine bessere Waffe.

In den ersten Tagen des Schnitzel-Festivals ließen sie sich noch blicken. Prüften, ob es tatsächlich nur Schwein gäbe. Dann waren sie verschwunden. Amina und Sid Mohammed, Jasmina und Alexander atmeten auf. Umso mehr, als auf der Reservierungsliste keine unbekannten Namen mehr standen. Damit hatten die Bärtigen keine Chance mehr, ins Restaurant zu gelangen.

Sid Mohammed hatte noch immer nicht zu seiner alten Form zurückgefunden und schien abzuwarten. Die Redakteure von Radio Bremen behalfen sich, indem sie statt seiner Erzählungen die Geschichten aus *Tausendundeiner Nacht* übertrugen, von Schauspielern auf dem Lesumer Deich gelesen. Dann aber, mit dem Ende der Schnitzel-Fiesta und der Rückkehr zu Couscous, Fisch und Lamm, kamen erneut ungebetene Gäste, zehn bis fünfzehn Männer etwa. Zunächst verhielten sie sich unauffällig. Sie waren deutlich jünger als Smihi Abu Muslim und seine Truppe, Anfang zwanzig vielleicht. Sie kleideten sich besser und trugen überwiegend kurze, kantig geschnittene Bärte. In ihrem filzigen Brusthaar, das sie präsentierten wie Pornodarsteller ihre Geschlechtsteile, hatten sich Goldkettchen verfangen, an denen ein goldenes Schwert hing, das Schwert des Islam. Sie kauten Kaugummi, gaben sich locker und entspannt und redeten ein Kauderwelsch aus Deutsch und Türkisch oder Deutsch und Arabisch. Sie versuchten gar nicht erst, ins Restaurant zu gelangen. Vielmehr saßen sie draußen vor der Tür oder auf dem Deich und pöbelten die Gäste an.

«He, Muddi, geile Titten hast du für Ali Bey mit Riesenrohr. Du Beine breit, ich dich mit Allah reit. Alles klar?»

«Schwester, du kommen rüber und rubbeln meinen Heinz. Machen wir Dschihad und ich brenn dir eins.»

«Jasmina, mein Kumpel steht auf arabische Schlampen. Lass die Schwuchtel stehen, wir zahlen für jeden Fick. Großes Ehrenwort, bei Allah.»

Alexander überlegte, ob er mit deutlichen Worten reagieren sollte. «Blödsinn», sagte Jasmina. «Darauf warten die doch nur.»

«Woher kommen diese Typen? Was wollen die?»

«Na was wohl. Uns fertigmachen. Ich bin mir sicher, dass Abu Muslim diese Bande geschickt hat. Als Rache für die Schnitzel.»

Die Stimmung im Restaurant war gedrückt. Ein betretenes Schweigen war der gewohnten Fröhlichkeit gewichen. Lange konnten Amina und Sid Mohammed dieses Spiel nicht durchhalten. Eine Woche lang hatten sie nichts verdient. Um Abu Muslim zu vertreiben, hatten sie tief in die Tasche gegriffen. Und jetzt das. Die Steigerung, die Kriegserklärung. Wer verbringt schon gern seine Freizeit an einem Ort, wo er beleidigt wird?

«Was erwarten die? Dass deine Eltern ihnen das Restaurant überlassen?», fragte Alexander.

«Genau das wollen sie erreichen. Das ist ihr Ziel. Die Maden suchen den Speck.»

«Wir müssen uns überlegen, wie wir sie am besten bekämpfen. Was meinst du, Jasmina?»

«Reden, reden, reden, immer nur reden, das könnt ihr am besten, mein Vater und du. Ich will nicht ständig reden, Alexander, verstehst du? Ich habe dieses ganze Geschwätz satt, ich kann es nicht mehr hören! Kein Wort mehr, hörst du?»

21

Der Verein «Licht und Glaube» hatte seinen Sitz unweit der Industriehäfen in der Gröpelinger Heerstraße. Alexander empfand Mitleid mit allen Heeren, die hier jemals durchgezogen sein mochten. Angesichts der Tristesse dieser Gegend – überwiegend flache Klinkerbauten in Schwarz, Beige, Grau, aus deren Dächern gewaltige Satellitenschüsseln ragten, unterbrochen von nicht minder farblosen, vielfach leer stehenden Ladenzeilen sowie Kneipen und Kaschemmen, die «Zum Anker» hießen oder «Alle Neune» – waren sie vermutlich an Schwermut zugrunde gegangen, noch bevor sie ihre Schlachtfelder erreichten. Das Gemeindehaus des Vereins «Licht und Glaube» lag in einem Hinterhof, der als Autowerkstatt genutzt wurde. Ein schmutziges Treppenhaus führte in den zweiten Stock, wo sich der Versammlungsraum befand. Die Tür war angelehnt, die Milchglasscheibe in ihrer Mitte zerbrochen. Nur noch einzelne Splitter hingen lose im Holz.

«Siehst du», flüsterte Jasmina, «genauso sieht es bei denen in Marokko aus. Sie leben im Dreck und reden vom Licht. Sie sagen Glaube und meinen Herrschaft. Diese Leute sind Demagogen. Auf keinen Fall darf man sie unterschätzen. Du gibst ihnen den kleinen Finger, sie nehmen die ganze Hand.»

«Ich weiß, was du meinst. Bist du bereit?»

Alexander trat gegen die Tür, die sich knarrend öffnete. Smihi Abu Muslim blickte erstaunt von seinem Schreibtisch auf und sah erst Alexander, dann Jasmina.

«Das nenne ich eine Überraschung!», sagte er, und sofort war er wieder zu hören, dieser aufgesetzte, unterwürfige Tonfall. Smihi Abu Muslim lehnte sich zurück und deutete mit der rechten Hand auf die beiden Stühle vor seinem Schreibtisch. Sein Büro war eine ehemalige Fabrikhalle, mindestens hundert Quadratmeter groß und somit bestens für Vereinstreffen geeignet. Auf dem Boden lagen mehrere Gebetsteppiche und reichlich Sitzkissen, entlang der Wände standen vereinzelt Schränke mit geöffneten Türen. Soweit Alexander auf den ersten Blick feststellen konnte, enthielten sie Koranexemplare und zahlreiche Hängeregister. Er fragte sich, warum der Verein in einer solchen Bruchbude hauste, während seine Mitglieder in Aminas Restaurant das Geld mit vollen Händen ausgaben.

Als hätte er Alexanders Gedanken erraten, sagte Smihi Abu Muslim: «Ich bitte Sie, unsere bescheidenen Räumlichkeiten zu entschuldigen. Wir sind der Meinung, dass wir unsere begrenzten finanziellen Möglichkeiten in vollem Umfang den Notleidenden und Bedürftigen zukommen lassen sollten.»

«Und dazu gehören Restaurantbesuche?», fragte Alexander.

«Vergessen Sie nicht, dass Sid Mohammed und ich Landsleute sind. Die gemeinsame Herkunft verpflichtet uns selbstredend zu gegenseitiger Anteilnahme.»

«Sie können sich Ihre goldenen Worte sparen», sagte Jasmina. «Niemand von uns legt den geringsten Wert auf Ihre Anteilnahme.»

«An Ihrer Stelle würde ich Jasmina nicht widersprechen. Sie kann sehr ungehalten werden, wenn in ihrer Gegenwart zu viel geredet wird», sagte Alexander.

Smihi Abu Muslim überhörte seine Bemerkung. «Was verschafft mir die Ehre Ihres Besuches?», fragte er, während er seine Hände über dem Bauch faltete.

«Wir würden uns gern mit Ihnen über Ihre bärtigen Rüpelkommandos unterhalten», sagte Alexander.

«Ich weiß nicht, wen Sie meinen», erwiderte der Vater der Muslime.

«Ich habe es dir doch gesagt, Alexander. Mit diesen Typen kann man nicht reden. Sie lügen und leugnen, sobald sie nur den Mund aufmachen.»

Wortlos zog Smihi Abu Muslim eine Broschüre aus der Schublade und warf sie auf den Tisch. «Hier, unsere neueste Veröffentlichung. Auf Deutsch, Türkisch und Arabisch.» Sie trug den Titel *Verantwortung in Freiheit* und zeigte verschleierte Frauen auf einem Wochenmarkt.

«Verstehe», nickte Alexander. «Die Damen sollen Birnen kaufen und nicht Bananen. Ist wohl gesünder.»

«Ein Schleier befördert die Demut», betonte Abu Muslim. «Und den gegenseitigen Respekt.»

«Wie kommt es dann, dass Ihre streunenden Hunde vor Aminas Restaurant kampieren und Frauen anpöbeln und beleidigen?», fragte Alexander.

«Ich weiß nicht, was ich damit zu tun haben soll.»

«Wirklich nicht?» Jasmina war zu einem der Schränke mit Hängeregistern gegangen und hatte sich eine Mappe gegriffen, die quer obenauf lag.

Der Vater der Muslime fluchte auf Arabisch und sprang von seinem Stuhl auf. Er machte einen Satz in Richtung Jasmina und wollte ihr die Mappe entreißen. Alexander verstand nicht, was er sagte, doch es hörte sich sehr unhöflich an. Er überlegte, während er seine Pistole zog: Wie ging der nochmal? Dieser eine Satz, der wunderbare?

«Sakr albab!», schrie er.

«Alexander! Das heißt ‹Mach die Tür zu›», verbesserte ihn Jasmina.

Smihi Abu Muslims Gesichtszüge zeigten ein großes, von Panik unterlegtes Fragezeichen. Er starrte auf Alexanders Pistole, die in seine Richtung zielte. Sie hatten sie auf dem Weg hierher gekauft, in einem Spielzeuggeschäft. Für neunundneunzig Cent. Sie nahmen gleich zwei, inklusive der dazugehörigen Zündplättchen.

«Ana behibbak awwi awwi.»

Jasmina lachte.

«Nein … Verflucht, wie hieß das denn noch … Ha! Ich hab's. *Ruh isaadsch ummak!*»

«Warum soll ich denn meine Mutter belästigen?» Der Vater der Muslime war fassungslos. «Das ist wider die Religion. Wir respektieren Vater und Mutter wie die Juden und Christen. Jasmina, sagen Sie ihm, dass ich recht habe.»

«Er hat recht, Alexander.»

«Fein. Sag ihm, er soll sich wieder setzen und nur reden, wenn er gefragt wird.»

«Tun Sie, was er verlangt. Er wird sehr leicht wild und gefährlich.»

«Zeig doch mal, was du da in der Mappe hast, Jasmina.»

Sie schüttete den Inhalt auf den Schreibtisch. Die Mappe enthielt umfangreiche Schriftsätze über Mitglieder und Aktivisten des Vereins, mit Anschrift und Foto. Mühelos erkannten sie einige der Halbwüchsigen wieder, die in den letzten Tagen vor Aminas Restaurant herumgelungert hatten. Smihi Abu Muslim saß mittlerweile erneut auf seinem Stuhl, reglos. Instinktiv war Alexander einen Schritt zurückgetreten. Er hielt noch immer die Pistole in der Hand, aber wenn er dem Vater der Muslime zu nahe käme, würde der zweifellos erkennen, dass sie aus Plastik war.

«Wie findest du das, Alexander?»

«Skandalös. Dieser Mann Gottes schickt jugendliche Rüpel in unser schönes Restaurant, wo sie die Gäste beleidigen. Was hat das zu tun mit ‹Licht und Glaube›, Herr Abu Muslim?»

«Ich bin selbst schockiert. Ich habe keine Ahnung, was sich die jungen Leute dabei dachten. Selbstverständlich werden wir sie zur Rede stellen.»

«Alexander, der will uns doch nur für dumm verkaufen. In einer Woche spätestens sind die wieder da und pöbeln unsere Gäste an.»

Jasmina sah Smihi Abu Muslim mit einem langen, vernichtenden Blick an.

«Bitte, tun Sie mir nichts! Ich mache alles, was Sie von mir verlangen!»

Alexander ging ans Fenster, die Waffe noch immer auf Abu Muslim gerichtet, und sah hinaus. «Warum ist hier niemand bei der Arbeit?», fragte er.

«Sie sind alle beim Mittagsgebet in der Moschee», antwortete Abu Muslim.

«Gut. Gehen wir», sagte Jasmina.

«Wohin? Was haben Sie mit mir vor?»

«Nun beruhigen Sie sich mal», sagte Alexander. «Wir laden Sie zu einer kleinen sportlichen Übung ein, mehr nicht.»

Sie liefen hinunter in den Innenhof. Kurz vor dem Tor, das auf die Gröpelinger Heerstraße führte, forderte Alexander Abu Muslim auf, stehen zu bleiben. Der drehte sich um und blickte erneut in die Mündung der Plastikpistole.

«Ausziehen», sagte Jasmina.

«Wie bitte?»

«Ausziehen», wiederholte Jasmina.

«Ich soll mich ...?»

«Ausziehen, ja», sagte Alexander. «Ihre Unterhose können Sie selbstverständlich anbehalten. Wir sind sensible Menschen und möchten keinen Schock erleiden.»

Smihi Abu Muslim starrte die beiden an, versuchte zu verhandeln, flehte um Gnade, bat um Aufschub – es nutzte alles nichts. Fluchend zog er sich aus, stieß langatmige Verwünschungen aus, auf Deutsch wie auf Arabisch, doch am Ende stand er da, wie Gott ihn erschaffen hatte. Nur seine Lenden waren von einer Art Kartoffelsack umhüllt.

«So. Und nun raus. Auf die Straße.» Jasminas Augen leuchteten vor Freude.

«Und wagen Sie nicht, in der nächsten halben Stunde zurückzukommen. Wir halten die Stellung», setzte Alexander nach und zielte mit der Pistole auf sein Gesicht.

Der Vater der Muslime sackte förmlich in sich zusammen. Einen Augenblick noch zögerte er, auf die Straße zu treten, aber da fiel ein Schuss, das Zündplättchen rauchte, und Smihi Abu Muslim rannte los. Er rannte und rannte, die endlose Gröpelinger Heerstraße entlang, vorbei an der Moschee, weiter und immer weiter bis fast in die Innenstadt, wo er von einer Polizeistreife aufgegriffen und wegen Erregung öffentlichen Ärgernisses vorübergehend festgenommen wurde.

22

Als Sid Mohammed von ihrem Besuch bei Smihi Abu Muslim erfuhr, legte er eine CD von Cheb Khaled auf, dem berühmten algerischen Sänger, und fegte tanzend durch den Saal, mit ausladenden, schwungvollen Bewegungen, einschließlich zahlreicher Luftsprünge und eines erstaunlich langen Handstands. Keine Frage, Sid Mohammed war auf dem besten Weg, zu seiner alten Form zurückzufinden.

Alexander aber wunderte sich noch immer, wie wenig Widerstand er gezeigt hatte. Obwohl er seinen Gegnern in Marrakesch mit so viel Geschick und Phantasie getrotzt hatte, obwohl er in Bremen inzwischen eine bekannte Persönlichkeit mit vielen Kontakten war, hatte Sid Mohammed den Bärtigen gegenüber kampflos resigniert. Wären nicht Amina und Alexanders Mutter mit ihren Schnitzeln in die Offensive gegangen, hätten Jasmina und Alexander keine Spielzeugpistolen im Sonderangebot erstanden – es stünde vermutlich schlecht um den größten Esel aller Zeiten.

Ja, sagte Amina, ihr Mann sei nie anders gewesen. Ein Kämpfer, sobald es darum gehe, seinen Träumen eine Bühne zu verschaffen. Ansonsten weigere er sich, die Realität zur Kenntnis zu nehmen. Vielmehr vertraue er der rechten Fügung oder der Einsicht seiner Gegenspieler, dass ihr Tun schlichtweg unehrenhaft sei. Sid Mohammed glaube, dass böse oder dumme Menschen Scham empfänden, sobald sie sich im Spiegel sähen.

Wunschdenken, dachte Alexander. Was wäre denn, wandte er ein, wenn sie über kein moralisches Empfinden verfügten, vielmehr ihren Ängsten und Trieben folgten, ohne jede Einsicht? Aminas Antwort enthielt einen Anflug von Resignation. Darüber habe sie mit ihrem Mann schon ganze Nächte diskutiert und sei auf wenig mehr als taube Ohren gestoßen. «*Maktub*», entgegne er dann. Alles stehe geschrieben. Das Schicksal interessiere sich nicht für menschliche Eitelkeiten. Jeder suche seinen Platz. Jeder wolle ein Held sein. Und dann, plötzlich, ohne Vorwarnung, tue sich der Abgrund auf.

«Was für einen Sinn macht es, gegen das Schicksal aufzubegehren? Es ist auf jeden Fall stärker als du», sagte Sid Mohammed, der zu ihnen getreten war. «Smihi Abu Muslim und seine Leute sind intolerant und, wenn es sein muss, auch gewalttätig. Daran habe ich nicht den geringsten Zweifel. Wenn du ihrem Sendungsbewusstsein mit derselben Entschlossenheit, mit derselben Unerbittlichkeit begegnest, kommt es zur Eskalation. Möglicherweise hätten wir dann Schlägereien im Restaurant. Wäre das gut? Würde uns das helfen?»

«Willst du dich lieber dem Unrecht beugen?», fragte Jasmina. «Diese Leute wollen uns das Restaurant nehmen. Nicht mehr und nicht weniger.»

«Du hast vollkommen recht, Jasmina. Das ist ihr Ziel. Und die einzige Antwort darauf ist, den Angriff abzuwehren, ohne sich auf ihre Spielregeln einzulassen. Am klügsten ist es, einen Angreifer ins Leere laufen zu lassen. Stellst du dich ihm in den Weg, treibt er dich möglicherweise in die Enge.»

Jasmina wurde wütend. «Du hast ihn nicht einmal ins Leere laufen lassen. Du hast rein gar nichts getan. Alexander und ich, wir waren bei Abu Muslim. Nicht du.»

«Da muss ich dir widersprechen, Liebes. Ich habe gehandelt, indem ich den Dingen ihren Lauf ließ. Glaubst du, ich hätte nicht gemerkt, dass Alexander und du etwas unternehmen würdet? Ihr konntet gar nicht anders. Es stand euch ins Gesicht geschrieben.»

«Warum hast du deine Erzählungen nicht fortgesetzt? War das auch Teil deines Plans?», fragte Alexander.

«Nein. Ich war verunsichert. Ich kann nur erzählen, wenn ich mich nicht bedrängt fühle. Und ich fühlte mich bedrängt, beobachtet. Die Gegenwart solcher Menschen macht mich unglücklich, sie haben eine Ausstrahlung, die zerstörerisch wirkt. Sie haben einen schlechten Geruch, der jede Blüte welken lässt. Ich bekomme Angst. Eine Angst, die mir die Kehle zuschnürt.»

Amina seufzte. «Wo andere einen geraden Weg gehen, machst du Umwege und sammelst Träume statt Erfahrungen. Du kannst von Glück reden, dass du nicht vom Kochen leben musst.»

Sid Mohammed überlegte einen Augenblick. «Würde ich nur meinem Verstand folgen, hätten wir beide uns nie kennengelernt und wären heute nicht hier. Das kann also die Lösung nicht sein. Im Übrigen stelle ich fest, dass der Besuch in Abu Muslims Höhle Alexander und Jasmina sehr gut getan hat.»

«*Kif?*», fragte Amina.

«Wie meinst du das», übersetzte Jasmina.

«Mach deine Augen auf, Frau! Die beiden sind wie zwei Katzen, die ständig umeinander herumschleichen. Es wurde höchste Zeit, dass sie zusammen einen Ausflug unternehmen. Damit sie endlich mal vorankommen.»

Noch am selben Abend kündigte Sid Mohammed an, er werde seine Erzählung am folgenden Tag zu ihrem Höhepunkt und Abschluss führen. Die Besucher im Restaurant hörten das mit gemischten Gefühlen. Ein Ende dieser wunderbaren Begegnungen mit «dem größten Esel aller Zeiten» konnten sie sich beim besten Willen nicht vorstellen. Nein, Sid Mohammed trage die Verantwortung für das Wohlergehen seiner Gäste, meinten sie, und wenn diese Geschichte tatsächlich ein Ende finden sollte, dann sei es nur recht und billig, wenn er sich anschließend eine neue ausdenke. Das sei nicht einfach, betonte Sid Mohammed und schlug stattdessen vor, dass die Besucher doch ihrerseits überlegen sollten, welche Geschichten sie im Herzen berührten. Um sie schließlich selbst vorzutragen.

23

Tags darauf war das Restaurant brechend voll, der Deich und die Zufahrtswege schwarz vor Menschen, Radio Bremen berichtete live. Alexanders Vater kam diesmal in Begleitung von Frau Meißner, seiner neuen Lebensgefährtin.

Alexander begegnete ihr zum ersten Mal. Sie sah aus wie Marilyn Monroe und kleidete sich auch wie ihr Vorbild, in einem weißen Rüschenkleid, das ihr bis zu den Knien reichte. Blond war sie und hatte ihren leicht gerundeten Schmollmund mit einem feuerroten Lippenstift geschminkt. Rein äußerlich war sie in jeder Hinsicht das Gegenteil der bronzehäutigen, dunkelhaarigen Jasmina, bis hin zu den Augen: Ihre waren mandelbraun, Marilyns aquamarinblau.

«Hallo. Ich bin Teresa Meißner. Freut mich, dich kennenzulernen. Dein Vater hat mir schon viel von dir erzählt.»

Sie war in Alexanders Alter, Mitte zwanzig, und hatte eine warme, sympathische Stimme. Alexander konnte es kaum fassen. Was wollte sie von seinem Vater, der dreißig Jahre älter war? Jasmina hatte offenbar bemerkt, wie hingerissen er war, und trat an seine Seite. Nicht nur das, sie hakte sich sogar bei ihm ein.

«Hallo», sagte sie. «Ich bin Jasmina Boucetta, Alexanders Freundin.»

«Tja, also … ich dachte, ich stelle euch Teresa mal vor», sagte sein Vater.

«Sehr erfreut. Und … Ihr kommt klar?», fragte Alexander sie. «Ich meine, mein Vater redet mit dir und schweigt nicht nur vor sich hin?»

In diesem Augenblick erschien Alexanders Mutter. Sie war seit der Schnitzel-Offensive Aminas rechte Hand in der Küche und kümmerte sich vor allem darum, dass stets genügend Zutaten im Haus waren. In dieser Angelegenheit telefonierte sie nunmehr regelmäßig mit Alexanders Vater im Großmarkt.

«Guten Abend, Frau Meißner», sagte sie. «Ich bin die Frau Ihres Mannes.» Sie errötete, als sie ihre Fehlleistung bemerkte.

«Nun … ich bin gespannt, was wir heute von Sid Mohammed erfahren», sagte Alexanders Vater staatsmännisch.

«Von morgen an kannst du deine eigene Geschichte vortragen», warf Alexander ein. «Wir sind alle gespannt, deine Gedanken und Gefühle näher kennenzulernen.»

«Junge, du hast Ideen …»

«Erzähl doch von deinen Plänen», schlug Teresa Meißner vor und strich Alexanders Vater über die Wange. «Wie du den Großmarkt neu organisieren willst. Mit mir als Pressereferentin …»

«Wann holst du denn endlich deine Möbel ab?», fragte Alexanders Mutter.

«Ich kümmere mich drum. Darauf kannst du dich verlassen», sagte sein Vater deutlich ungehalten. «Eigentlich können Sie bei Volker nicht viel falsch machen, Frau Meißner», erklärte Alexanders Mutter. «Meistens ist er sowieso nicht da, und wenn doch, will er seine Ruhe haben.»

Teresa Meißner sah sie mitleidig an, als müsse sie erste Hilfe leisten.

«Nachts braucht er seinen Schlaf, sonst kann er sehr

ungehalten werden. Und im Winter, da dürfen Sie abends nicht seine Rheumadecke vergessen.»

Später am Abend meinte Jasmina zu Alexander, die Rache einer verletzten Frau sei niemals zu unterschätzen. Alexander nickte und wusste nicht, ob er lachen oder weinen sollte. Gleichzeitig war er so glücklich und froh, dass er beinahe wie Sid Mohammed Freudentänze aufgeführt hätte. Er spürte noch immer Jasminas Zärtlichkeit an seiner Seite, den beruhigenden Klang ihrer Stimme in seinem Ohr. Wie oft hatte er in den Wochen zuvor jede Hoffnung aufgegeben, enttäuscht von ihrem zögerlichen Verhalten. Jetzt stand er neben ihr im Foyer, voller Freude und Zuversicht. Er lächelte und musste unwillkürlich an Kleopatra denken. Es machte keinen Sinn, doch gerade das gefiel ihm. Sie war seine Kleopatra. An diesem Bild wollte er festhalten. Alles Weitere würde sich fügen.

Sid Mohammed war in Hochstimmung. Mit wenigen Strichen skizzierte er, was bisher geschehen war. Und begab sich mitten hinein in die schwierige Mission des Sohnes von Sid Allawi. Würde es ihm gelingen, die Frau seines Lebens zu finden, um sich aus der sanften Bevormundung durch Layla und Ibtisam zu befreien, seiner beiden Gönnerinnen und Liebhaberinnen?

«Der größte Esel aller Zeiten lief durch die Straßen von Marrakesch wie ein wundes Tier, in der leisen Hoffnung, einen Ort der Zuflucht und der Liebe zu finden. Er hatte keinen Plan und ließ sich treiben, lebte in den Tag hinein und verbrachte viel Zeit auf dem berühmten Platz Djamaa al-Fna, wo allabendlich die Gaukler und Geschichtenerzähler auftraten. Neugierig hörte er ihnen zu, aber nach einer Weile erkannte er, dass sie ihm nicht helfen konnten. Sie lebten in einer verlorenen, längst untergegangenen Welt, an der sie sich festhielten wie Ertrinkende an einem Strohhalm. Der Sohn Sid Allawis streifte durch die Teehäuser und Cafés, in denen allerdings nur Männer verkehrten. Interessiert hörte er, was sie sich zu sagen hatten, doch auch sie lebten in der Vergangenheit oder begnügten sich mit der Routine ihres Alltags. Allenthalben fehlte jener Zauber, der ihm unerlässlich erschien, um das Herz einer Frau zu erobern. Inbrünstig hoffte er, auf seinen Streifzügen eine Art Wunderlampe zu entdecken. Denn tief in seinem Innern wusste er, dass er Angst hatte vor den Frauen. Er mochte Layla und Ibtisam, er schätzte und respektierte sie und war ihnen zuverlässig zu Diensten. Aber er war in keine von beiden verliebt. Deswegen fand er jenes Maß an Gelassenheit, das ihm half, über den Dingen zu stehen. Wenn er dagegen Frauen, die so alt waren wie er, in die Augen schaute oder sie gar zufällig in den engen Gassen der Altstadt berührte, begann sein Körper zu fiebern vor Sehnsucht und Schmerz. Sie kamen ihm vor wie unerreichbare Wesen aus einer fremden Welt, die längst anderen versprochen waren. Unmöglich war ihm der Gedanke, eine Frau zu verführen. Allein die Vorstellung trieb ihm den Schweiß auf die Stirn. Er sah sie in heiteres Gelächter ausbrechen und hatte Angst, die engstehenden Häuser könnten auf ihn einstürzen. In dunklen und ausweglosen Augenblicken, die so zahlreich waren wie die Bettler vor den Moscheen, spielte er sogar mit dem Gedanken, alles zu belassen, wie es war, sein ungestümes Leben mit Ibtisam und Layla fortzuführen und sich im Übrigen vollständig der Phantasie und der Träumerei zuzuwenden. Doch gleichzeitig wusste er, dass er so auf Dauer nicht würde leben können. Niemand vermag sich dem Strom des Lebens zu entziehen. Jeder findet sich eines Tages nackt und allein in seinem Alltag wieder und muss lernen, erwachsen zu werden. Der Sohn Sid Allawis war nicht geboren, um der Schönheit, der Sinnlichkeit und der Sehnsucht nach unbegrenztem Vertrauen zu einem anderen Menschen auf Dauer zu entsagen.

Während er studierte und lernte, die Bücher Gerhard Rohlfs zu lesen und zu verstehen, blieben ihm die Frauen seines Alters ein Rätsel und ein Mysterium, das ihm so unergründlich erschien wie das Universum. Es kostete ihn sehr viel Überwindung und Mut, um Mädchen anzusprechen, die ihm gefielen. Stundenlang dachte er darüber nach, was er ihnen am besten sagen könnte. Der erste Satz musste eine Rose aus Worten sein, davon war der Sohn Sid Allawis überzeugt. Also sagte er Dinge wie: ‹Der Glanz deiner Augen ist ein Versprechen, das mir den Atem raubt.› Oder: ‹Deine Anmut ist wie der Duft von Jasmin im kühlenden Schatten der Medina.› Einmal sagte er: ‹Als Gott dich schuf, hatte er das Paradies vor Augen.› Die meisten Frauen fühlten sich geschmeichelt. Manchmal tranken sie mit ihm einen Kaffee oder Tee in der Cafeteria der Universität und erzählten von sich, von ihren Plänen und Hoffnungen. In den meisten Fällen ging es dabei um Geld, ein gutes Leben und Sicherheit. Der Sohn Sid Allawis spürte, dass seine Begleiterinnen ihm vertrauten und sich wohlfühlten an seiner Seite. Doch das, wonach sie suchten, konnte er ihnen nicht bieten.

Nicht nur der Sohn Sid Allawis liebte die Frauen. Der ganze Campus war ein endloser Reigen balzender Pfauen und gurrender Tauben. Obwohl die öffentliche Moral sehr streng war, gab es genügend Gelegenheiten, auch der verbotensten Leidenschaft nachzugehen. Doch zu seiner großen Bestürzung und stillen Trauer erkannte der größte Esel aller Zeiten, dass seine schönen Worte den Frauen gefielen, sie aber nicht viel mehr als flüchtige Begegnungen zur Folge hatten. Andere, die da riefen: ‹He, Süße, gehst du mit mir am Wochenende ins La Mamounia?›, erreichten sehr viel leichter ihr Ziel und eroberten Herzen mit der Macht eines Kalifen. La Mamounia, am Stadtrand von Marrakesch, war eines der exklusivsten Hotels, der dortige Nachtklub ein Treffpunkt der Schönen und Reichen.

Noch eine erstaunliche Entdeckung machte der Sohn Sid Allawis. Die Studentinnen, die sich für das Mamounia entschieden, wirkten in den Tagen danach fahrig und nervös. Sprach er sie freundlich an und fragte, wie es ihnen ginge, reagierten sie abweisend, unhöflich fast. Die Frau, deren Anmut er mit dem Duft von Jasmin im kühlen Schatten der Medina verglichen hatte, herrschte ihn an, er möge sie in Ruhe lassen. Ob er denn tatsächlich glaube, etwas Besseres zu sein?

Der Sohn Sid Allawis war am Boden zerstört. Was hatte er getan, dass er dermaßen in Ungnade fiel? In seiner Ratlosigkeit wandte er sich an Ibtisam und Layla, die ihm rieten, seine Worte sparsamer zu verwenden. Nicht jede Frau solle er mit seiner Poesie zu betören suchen, vielmehr möge er sich in Geduld üben, bis sich der rechte Augenblick offenbare.

Er tat, wie ihm geheißen. Der größte Esel aller Zeiten beschloss, nichts und niemanden mehr zu bedrängen. Die Zeit verging, geduldig wartete er auf ein Zeichen der Vorsehung, doch nichts geschah. Er beendete sein Studium und wurde Lehrer in Marrakesch. Er unterrichtete Deutsch und Geschichte, wobei ihn Deutsch mehr interessierte. Das hatte zu tun mit dem berühmten Afrikareisenden, natürlich. Doch vor allem erlaubte ihm die deutsche Sprache, seine Hoffnungen und Sehnsüchte zu bewahren, ohne sie an der Realität zerbrechen zu sehen. Zu dem Zeitpunkt war der Sohn Sid Allawis erst wenigen Deutschen begegnet. Auch von Deutschland wusste er nicht viel, was ihn aber nicht weiter störte. Er hatte ein Bild im Herzen, das stärker war als jede Realität, und an diesem Bild wollte er festhalten, weil es ihm als Zuflucht diente. Hatte er Probleme im Alltag, war er unzufrieden oder deprimiert, so versetzte er sich in Gedanken in die Heimat Gerhard Rohlfs und fühlte sich bald schon wieder unbeschwert und frei. Geschichte unterrichtete er ohne Leidenschaft, weil die Vergangenheit unwiderruflich verloren ist und ein Träumer und Phantast ohnehin vornehmlich seine eigenen Welten bereist. Im Grunde hatte er dieses Fach aus Nostalgie gewählt, in Erinnerung an seine Eltern.

Was nun aber die Suche nach der Frau seines Lebens betraf, so hatte der Sohn Sid Allawis längst resigniert. Er glaubte nicht mehr an ein Wunder, an eine einzigartige Begegnung, an ein Leben zu zweit. Noch immer machte er den Frauen schöne Augen und geizte nicht mit Komplimenten, doch war er getrieben von Lust und Leidenschaft. Er wollte Abenteuer, und er fand sie, manchmal sogar, wenn er genügend Geld erübrigen konnte, im Mamounia. Er trank viel, begnügte sich mit Affären und wurde mit jedem Tag unglücklicher. Manchmal sah er sein Leben wie aus der Vogelperspektive und fragte sich, ob es tatsächlich der größte Esel aller Zeiten war, der sich dort nach Kräften berauschte, oder aber eine verlorene Seele, die unaufhaltsam auf den Abgrund zusteuerte. Er war siebenundzwanzig und fühlte sich ausgebrannt und leer.

Auch Layla und Ibtisam waren die Abwege ihres Zöglings nicht verborgen geblieben. Sie ließen ihn gewähren, weil er jung war und seine Erfahrungen ihm helfen mochten, die richtigen Entscheidungen zu treffen. So dachten sie. Doch bald mussten sie erkennen, dass der Sohn Sid Allawis kaum aus eigener Kraft den rechten Weg finden würde. Denn er litt an einer Krankheit, an der die meisten Menschen leiden, ohne sich darüber im Klaren zu sein. Jener unheilbaren Melancholie, die sich einstellt, wenn die eigenen Sehnsüchte auf Dauer nicht mit der Wirklichkeit zu vereinbaren sind. Viele üben in dem Fall Verrat an sich selbst und verstecken ihre Hoffnungen und Träume hinter einer Fassade aus Wohlstand und Erfolg. Andere, weniger begünstigt oder begütert, flüchten in die Moschee oder allgemein in eine große Illusion …»

An dieser Stelle nun hielt Sid Mohammed inne. Er sagte, dass er für seine Erzählung doch länger brauche als geplant und aus diesem Grund vorschlage, sie für heute zu unterbrechen und morgen fortzufahren. Da allerdings hatte er die Rechnung ohne seine Gäste gemacht. Die ganze Zeit über war es im Restaurant so still gewesen, dass man die sprichwörtliche Nadel auf den Boden hätte fallen hören. Die Anwesenden wagten kaum zu flüstern, schlimmstenfalls war gelegentlich ein zartes Hüsteln oder verschämtes Schnäuzen in ein Taschentuch zu hören, wie bei einer Premiere oder im Konzertsaal. Jetzt aber brach ein Sturm der Entrüstung los.

Sid Mohammed lenkte ein, empfahl allerdings, eine kurze Pause zu machen, Getränkewünsche zu äußern oder die Toiletten aufzusuchen. Daraufhin rotierte das Restaurant eine gute halbe Stunde, die sich wechselseitig bedingenden Bedürfnisse wurden befriedigt, und am Ende war die Einheit des Universums wiederhergestellt, jedenfalls in Lesum, an diesem Abend. Sid Mohammed hatte seine Zuhörer souverän im Griff und gab ihnen das Gefühl, sie würden die Regeln bestimmen, obwohl er ohnehin beschlossen hatte, seine Geschichte zu beenden. Er war ein kluger Kopf, daran bestand für Alexander kein Zweifel.

«Um nun aber dafür Sorge zu tragen, dass dem Sohn Sid Allawis das Glück der rechten Begegnung widerfahre, ersannen Ibtisam und Layla eine List. Sie luden zu einem großen Fest in die Villa Ibtisams, die als Witwe des ehemaligen Gouverneurs ein Leben in Wohlstand führte. Geladen waren ihre Freundinnen und deren Töchter. Natürlich ahnten die Gäste, dass es nicht allein um ein fröhliches Beisammensein gehen würde, das Treffen vielmehr einem höheren Ziel verpflichtet war. Noch immer finden in Marokko Feste und Feiern statt, die allein der Brautschau dienen. In früheren Zeiten gingen die Mütter in das öffentliche Dampfbad, das Hamam, und sahen sich dort unter den nackten Schönheiten um, ob sie für die eigenen Söhne geeignet waren. Das ist heute nicht mehr der Fall, doch die wohlwollenden Vermittlerinnen sind geblieben, jene selbstlosen Geschöpfe, die dafür sorgen, dass auch die Träumer und die Esel nicht verloren gehen.

Ibtisam bat den Sohn Sid Allawis, an jenem Nachmittag zu ihr in die Villa zu kommen. Er war überrascht, weil er sie in all den Jahren, in denen er ihr und ihrer Freundin Layla zu Diensten war, nie in ihrem Haus besucht hatte. Doch er nahm die Einladung gern an, ohne zu wissen, was ihn erwartete. Als er die Villa betrat, richteten sich etwa einhundert Augenpaare auf den traurigen Jüngling, der beinahe zu atmen vergaß. Ibtisam stellte ihn vor als einen begnadeten Dichter, den eines nicht allzu fernen Tages Ruhm und Reichtum erwarteten. Dieser Hinweis verfehlte seine Wirkung auf die Damen nicht. Der Sohn Sid Allawis konnte sich kaum des Andrangs erwehren. Mütter und Töchter buhlten gemeinsam um die Gunst des verlegenen Gastes. Er musste sich setzen, und von allen Seiten wurden ihm Früchte und Tee gereicht. ‹Erzähle uns von dir, sage uns, wer du bist›, hörte er aus den Mündern derer, die ihn sinnlich umkreisten. Er war in einem Maße erstaunt, dass er beinahe an ein Wunder glaubte. War er in eine andere Welt geraten, in der die Gesetze des Irdischen nicht länger galten? Hatte er gar unbemerkt das Tor zum ewigen Leben durchschritten? Wie auch immer, er dankte Layla und Ibtisam von Herzen, denn bald schon hatte er ihr Anliegen durchschaut. Nachdem sich seine Aufregung gelegt hatte, wurde er selbstbewusst und kokett. Er redete und flirtete und suchte seine Zeit so gut wie möglich zu nutzen, um die für ihn Richtige zu finden. Stunden vergingen, er warf mit schönen Worten um sich und bemerkte, dass sie wie Pfeile trafen. Was für eine Gesellschaft, was für ein Glück!

‹Zeit für eine kleine Pause!›, rief die Hausherrin, und die Anwesenden begaben sich an einen endlos langen Tisch, der den Saal in zwei Hälften teilte und bedeckt war mit den schönsten Torten und Früchten. Nachdem die Gäste Platz genommen hatten, öffnete sich eine Tür, die zur Küche führte, und mehrere Frauen traten an die Tafel, um die Geladenen mit türkischem Mokka oder deutschem Filterkaffee zu versorgen. Der Blick des Sohnes von Sid Allawi fiel auf die Bedienung neben ihm, und als sie ihn ansah, spürte er, wie er von einem Blitz getroffen wurde. Da war die Frau, von der er sein Leben lang geträumt hatte, ohne zu wissen, ob es sie tatsächlich gab. Zu seinem eigenen Erstaunen wusste er nicht einmal zu erklären, was sie vor allen anderen auszeichnete. Warum sie, warum nicht eine andere in diesem wunderbaren, zauberhaften Reigen? Doch so verhält sich die Liebe, sie kommt, wenn wir sie am wenigsten erwarten und alle Hoffnung längst begraben ist. Als die junge Frau den verwirrten Jüngling fragte, ob er Kaffee wünsche oder Mokka, da antwortete er: ‹Beides. Alles.› Jede einzelne Faser seines Körpers sagte ihm, dass er mit dieser Frau ein gemeinsames Leben beginnen werde.»

Sid Mohammed hielt inne. «Ich denke, Sie alle können den Sohn Sid Allawis verstehen, denn auch Sie kennen diese Frau seit einigen Monaten.»

Amina trat hervor und stellte sich neben ihren Mann. Sie wirkte etwas verlegen, aber wie üblich verrieten ihre Augen Tatkraft und Entschlossenheit. Im Restaurant war es noch immer still, die Aufmerksamkeit des Publikums übertrug sich wie selbstverständlich von Sid Mohammed auf Amina. Gerade wollte sie ihre Stimme erheben, da unterbrach sie ein älterer Herr mit grauen Schläfen.

«Entschuldigen Sie», sagte er. «Mein Name ist Karl Möller, ich bin heute zum ersten Mal bei Ihnen, auch wenn ich mich schon seit längerem mit Ihrem Restaurant befasse. Da ich mir kein Urteil anmaßen wollte, ohne es selbst zuvor besucht zu haben, gestatten Sie mir bitte zwei Fragen.»

In seinem Tonfall lag eine unangemessene Strenge, als seien ihm die Anwesenden in irgendeiner Weise Rechenschaft schuldig. Die Gesichter der Gäste ließen Unbehagen erkennen.

«Warum», fragte der Mann, «reden Sie von sich in der dritten Person? Dass der Sohn Sid Allawis niemand anderes ist als Sie selbst, Herr Mohammed, ist doch mehr als offenkundig. Warum verleugnen Sie sich? Haben Sie etwas zu verbergen?»

«Wissen Sie», entgegnete Sid Mohammed höflich, «Sie können mit der Straßenbahn in die Innenstadt fahren oder mit dem Bus. Viele Wege führen ans Ziel.»

«Und welches Ziel wäre das?», setzte der Mann inquisitorisch nach.

«Studieren Sie die Speisekarte, genießen Sie das Essen und, wenn Sie mögen, die Geschichten, die Sie hier hören. Vielleicht, mit ein bisschen Glück, vernehmen Sie dann ebenfalls die Stimme in Ihrem Innern.»

«Ich denke», fügte Amina hinzu, «alle Menschen sehnen sich nach einem Gleichgesinnten, mit dem sie ihr Leben teilen können. Wenn das gelingt, sind wir dem Glück sehr nahe.»

«Was hat das eine mit dem anderen zu tun?», fragte Karl Möller.

«Sie wollten zwei Fragen stellen», ergriff Alexanders Vater ungehalten das Wort. «Jetzt sind Sie schon bei der fünften. Geben Sie Ruhe, wenn ich bitten darf.»

«Ich lasse mir von Ihnen doch nicht ...»

«Hören Sie, ich bin nicht hier, um mich mit Leuten wie Ihnen auszutauschen. Tun Sie sich und uns allen hier einen Gefallen. Machen Sie einfach mal Pause, okay?»

Einige Gäste klatschten, und Karl Möller wagte nicht, seine Befragung fortzusetzen. Es dauerte nicht lange, bis er das Restaurant mit hochrotem Kopf verließ.

Daraufhin begann Amina zu erzählen, ganz anders als Sid Mohammed. Sie wirkte bedächtig, suchte lange nach Worten. Niemand nahm es ihr übel. In ihrem wie üblich extravaganten Kleid, an diesem Abend in Blutrot, und dem leger auf dem Kopf liegenden weißen Tuch erinnerte sie an eine Operndiva. Die Gäste erfuhren nunmehr, wie Amina und Sid Mohammed zueinanderfanden.

«Meine Eltern waren gegen die Ehe mit einem mittellosen Träumer und Phantasten, der Worte ohne Sinn und Verstand schmiedete und keine erkennbaren Geschäftsinteressen an den Tag legte. Allein der Einfluss von Ibtisam sorgte dafür, dass die Dinge sich fügten, nach langen Monaten des Wartens und Verhandelns. Nach unserer Hochzeit zogen wir in Sid Mohammeds Elternhaus in der Altstadt von Marrakesch.»

Warum sie ihn geheiratet habe?

«Weil er mich sieht, wie ich bin. Er weiß, was ich empfinde, und nimmt Rücksicht auf mich.»

Nach einigen Jahren sei ihnen die Idee gekommen, dort ein Restaurant zu eröffnen. «Ein Restaurant, das traditionelle marokkanische Gerichte servierte. Der traumhafte Innenhof und der meist sternenklare Himmel sorgten für einen steten Besucherstrom, zumeist Touristen aus Frankreich oder Deutschland. Ich kümmerte mich um die Küche, während Sid Mohammed den Gästen wundersame Begebenheiten aus dem Leben Gerhard Rohlfs und anderer Afrikareisender vortrug. Die ausländischen Besucher mehrten den Ruhm des Hauses, denn sie hörten gern abenteuerliche Geschichten aus fernen Zeiten. Zehn Jahre etwa liefen die Geschäfte gut – so gut, dass mein Mann seinen Beruf als Lehrer aufgeben konnte. Unsere Tochter Jasmina wurde geboren, und schon im Alter von fünfzehn Jahren erhielt sie den ersten Heiratsantrag von einem vermögenden Händler, der sechzig war. Das haben wir abgelehnt. Der Abgewiesene aber sann auf Rache, und mit Hilfe seiner Kontakte machte er uns das Leben schwer.»

Die Behörden hätten sich eingeschaltet und Steuern und Abgaben verlangt – in einem Land, in dem kaum jemand Geld an den Staat abführe. «Bärtige Herren kamen in

Gruppen und fingen an, im Restaurant zu beten. Drohten mit Gewalt, falls auch weiterhin alkoholische Getränke angeboten würden. Sie lauerten mir in den Gassen der Altstadt auf und bespuckten mich, weil ich eine Hure der Ungläubigen sei. Sid Mohammed wurde zwischendurch verhaftet, weil er seine Steuern nicht gezahlt hatte. Ein letztes Mal lösten Layla und Ibtisam unsere Probleme. Sie waren alt geworden und krank und wollten nicht mehr kämpfen.» Später erfuhr Alexander, dass sie Amina und Sid Mohammed ihr gesamtes Vermögen vermachten. Es war so viel, dass Geld von nun an keine Rolle mehr spielte.

«Da aber die Fanatiker keine Ruhe gaben, ebenso wenig wie die Behörden, schließlich Jasmina mehrere Heiratsanträge von reichen Kaufleuten erhielt, die ihre Väter und Großväter hätten sein können, auch die Touristen unser Restaurant mieden, weil sie sich unwohl fühlten in Gegenwart der Bärtigen, beschlossen wir zu gehen. Deswegen sind wir hier.»

«In Deutschland sind wir endlich frei», ergänzte Sid Mohammed. «Und diese Freiheit möchten wir um nichts in der Welt wieder hergeben. Wir lieben unsere Heimat, aber Bremen lieben wir noch mehr, denn diese Stadt ist unsere neue Heimat geworden. Dafür möchten wir Ihnen allen von ganzem Herzen danken.»

Und mit diesen Worten endeten die Erzählungen Sid Mohammeds, die sich über den gesamten Sommer erstreckt hatten und längst ein Teil des Alltags in Lesum geworden waren – und weit darüber hinaus. Die Vorstellung, das eigene Leben nicht länger in dem von Amina und Sid Mohammed gespiegelt zu sehen, machte die Gäste stumm und traurig.

Jasmina und Alexander reichten *Schai Nana* auf Kosten

des Hauses. Wohin Alexander auch blickte, die Anwesenden waren in Gedanken versunken und redeten kaum. Einige liefen im Restaurant auf und ab, andere stellten sich ans Fenster und sahen auf den Fluss. Es war eine Stimmung wie im Wartesaal. Den Zug verpasst, und niemand weiß, wann es weitergehen wird.

Amina und Sid Mohammed hatten sich längst in die Küche zurückgezogen, als schließlich die ersten Gäste anfingen, zu klatschen und «Bravo!» zu rufen. Es dauerte nicht lange, und der Saal tobte. Füße stampften rhythmisch auf den Boden, mehr und mehr Hände schlugen aufeinander, Rufe der Bewunderung waren zu hören. Der Sturm der Begeisterung nahm und nahm kein Ende, fast eine Viertelstunde bebte das Restaurant, bis zur Erschöpfung aller Beteiligten. Nicht anders als bei einer überaus erfolgreichen Premiere. Allerdings gab es einen wesentlichen Unterschied: Theater, Kino oder Konzertsaal verließen die Besucher nach dem Applaus meist ebenso geordnet wie zügig, die Gefühle und Gedanken noch ganz auf das gerade Gesehene und Gehörte gerichtet.

Aber hier nun, in Aminas Restaurant, machte niemand Anstalten, aufzubrechen und nach Hause zu gehen. Ganz im Gegenteil, die Gäste gaben erneut Bestellungen auf, einige verlangten demonstrativ nach einer Vorspeise. Eine Diskussion entbrannte, ob man nicht Amina bitten sollte, ihre Erlebnisse und Erfahrungen mit derselben Leidenschaft und Ausführlichkeit vorzutragen wie Sid Mohammed. Nachgerade verzweifelt versuchten nicht wenige der Anwesenden, die Zeit anzuhalten. Sid Mohammeds Idee, dass sie ihre eigenen Geschichten erzählen sollten, fiel auf keinen fruchtbaren Boden. Den meisten fehlte der Mut, sich selbst der Öffentlichkeit preiszugeben. In privatem

Kreis oder begrenzt auf einen kleineren Zirkel, dagegen hatten sie nichts einzuwenden. Aber das eigene Leben als Erzählung zu gestalten – dafür bedurfte es einer großen Gelassenheit und nicht zuletzt einer wirklichen Liebe zu den Menschen.

Amina und Sid Mohammed sahen erschöpft aus. Sie saßen in der Küche und schwiegen. Sid Mohammed rauchte eine Zigarette. Alexander hatte ihn noch nie rauchen sehen. Jetzt hielt er sich fest an seiner Zigarette und blickte mit leeren Augen in den Raum. Amina legte ihren Arm um seine Schulter und sagte etwas auf Arabisch, das sich anhörte wie ein Trost. So wie Alexander ihn kannte, würde er sich zweifelsohne etwas Neues einfallen lassen. Er hatte gar keine andere Wahl. Ein Sid Mohammed, der keine Geschichten erzählte, wäre nicht länger Sid Mohammed. Er würde ersticken an seinen Erinnerungen und seinem Schmerz.

24

«Ich kenne viele Wörter, benutze aber nur wenige.» Karl Möller thronte hinter seinem Schreibtisch. Er trug denselben dreiteiligen braunen Cordanzug wie bei seinem Besuch in Aminas Restaurant. «Wenn man mich etwas fragt, antworte ich, wenn nicht, schweige ich. Wie viele Wörter braucht der Mensch, um auf eine Frage zu antworten? Zwei, drei, höchstens fünf: ‹ja›, ‹nein›, ‹vielleicht›, ‹keine Ahnung›. Alle anderen sind überflüssig, vor allem wenn man selbst keine Fragen stellt.»

Alexander nickte und ertrug kaum die Enge des Büros. Sid Mohammed hatte ihn gebeten, diesen Termin wahrzunehmen. Er wisse, dass man ihm Probleme machen wolle, und sie zu lösen, dazu fehle ihm die Kraft.

Das Ordnungsamt in Bremen-Nord, nicht weit entfernt von der Gerhard-Rohlfs-Straße, war in einem funktionalen Mehrzweckgebäude untergebracht. Karl Möller war Abteilungsleiter für den Bereich Gewerbekonzessionen. Seine Zuständigkeiten umfassten Aufenthalts- und Arbeitsgenehmigungen (befristet, für ausländische Hilfskräfte aus Nicht-EU-Staaten), Einzelhandel mit gefährlichen Stoffen, Gaststättenerlaubnisse. Auch für Gleichstellungsfragen und Schwerbehindertenparkplätze war er zuständig.

Als Karl Möller sein Verhältnis zur Sprache und somit zur Wirklichkeit erklärte, glaubte Alexander fast, einem Gleichgesinnten zuzuhören, der seine Worte mit Bedacht wählte. Sparsam und bemessen. Weil er, so durchfuhr es Alexander, das Wesen der Dinge erkannt hatte.

Doch Alexander hatte sich getäuscht. Karl Möller wies ihn ohne Umschweife darauf hin, dass Definitionen dem gehörten, der sie in den Raum stellte, nicht demjenigen, der damit bezeichnet werde. Alexander habe ihm zur Verfügung zu stehen und seine Fragen klar, deutlich und frei von Widersprüchen zu beantworten. Dafür bedürfe es keiner langen Vorträge, sondern nur weniger Wörter. Nicht mehr als einer Hand voll. «Alle anderen sind überflüssig, vor allem, wenn man selbst keine Fragen stellt», wiederholte er.

Spät, beinahe zu spät bemerkte Alexander, wie sehr Karl Möller unter dem Gefühl litt, nicht alles unter Kontrolle zu haben. Er lebte in der Welt der Verordnungen und Vorschriften, doch das Leben war nun einmal voller Brüche, wahrscheinlich auch sein eigenes. Akten waren beständig, die Zeit aber schmolz. Akten waren folgerichtig, Menschen aber nicht. Akten handelten ebenso wie Bücher von Ursachen und Wirkungen, das Leben aber war ein unerklärliches Durcheinander. Nichts war so, wie es die Aktenlage vermuten ließ, und Karl Möller reagierte darauf mit einem dumpfen Ressentiment und Rachegelüsten.

Aminas Restaurant entspreche in keiner Weise den Vorschriften. Die erteilte Gewerbekonzession beziehe sich ausschließlich auf den Restaurationsbetrieb, nicht aber auf die von Mohammed Boucetta, genannt Sid Mohammed, betriebenen Theateraufführungen. Im Restaurant würden weitaus mehr Gäste bewirtet als gesetzlich zugelassen. Es fehle demzufolge an zusätzlichen Notausgängen, auch die Anzahl der Toiletten sei nicht ausreichend. Die Zufahrtswege seien durch wild parkende Fahrzeuge versperrt, im Notfall sei ein Durchkommen für Rettungsmannschaften nahezu ausgeschlossen. Nicht zuletzt würden in der Küche ausländische Hilfskräfte beschäftigt, offenkundig Asylbewerber, für die keine Arbeitserlaubnis vorliege. Angesichts der Schwere dieser Vergehen, die über Monate hinweg nachzuweisen seien, habe er, Karl Möller, keine andere Wahl, als Aminas Restaurant die Konzession zu entziehen.

Alexander wusste, dass es sinnlos war, mit ihm diskutieren oder verhandeln zu wollen. Nicht einmal die Popularität Sid Mohammeds würde ihn von seiner Entscheidung abbringen, im Gegenteil. Es würde ihm eine Freude sein, in der Öffentlichkeit einen Aufschrei zu provozieren. Er befolgte nur die Vorschriften. Karl Möller saß da, selbstzufrieden und gefährlich.

Inmitten dieser Trostlosigkeit fiel Alexanders Blick auf die Kommode zu seiner Linken. Da die übrige Einrichtung aus funktionalen Büromöbeln bestand, zeigte sich Karl Möller hier von seiner privaten Seite. Alexander verwickelte ihn in ein Gespräch über die Kommode, deren Eleganz er pries. In kurzen, knappen Worten, natürlich. Die meisten Menschen hatten eine schwache Seite, die sich schneller offenbarte, als ihnen lieb war. Karl Möller sammelte alte Möbel. Oder besser gesagt solche, die er dafür hielt. Diese Jugendstil-Kommode, die er in Berlin gekauft hatte, «ein Schnäppchen», wie er glaubte, war eindeutig eine Fälschung. Billiges Kiefernholz, mit Hilfe entsprechender Glasuren auf Alt getrimmt. Alexanders Blick war geschult, seit seine Mutter vor einigen Jahren einen vermeintlichen Biedermeier-Schrank aus Sperrholz erworben hatte.

«Menschen leben nur so lange, wie man sich an sie erinnert», sagte Karl Möller und blickte zärtlich auf das Stück Ewigkeit in seinem Büro, das nicht mehr war als eine optische Täuschung.

Alexander schlug vor, ihm die im Keller des Restaurants

untergestellten Eichenholzmöbel aus dem achtzehnten Jahrhundert zu überlassen, mit denen Sid Mohammed ursprünglich das «Amina» hatte ausstatten wollen. Eine glatte Lüge, aber falls er ja sagte, hätte Alexander ihn in der Hand wegen Bestechlichkeit.

Karl Möller nickte versonnen und versprach, die Schließung des Restaurants um einen Monat zu verschieben. Das sei durchaus mit den Richtlinien zu vereinbaren.

25

Die Lesum glänzte wie poliertes Silber. Scharlachrot und mächtig versank die Sonne am Horizont, zerriss den schwach glühenden Himmel und durchzog ihn mit Furchen lohenden Rosenrots, die allmählich übergingen in ein tiefdunkles, beinahe schwarzes Blau. Jasmina und Alexander standen auf dem Deich, ihr Kopf lag an seiner Schulter. Mit ihrem linken Arm hielt sie seine Hüfte umschlungen.

«Früher habe ich meinen Eltern Vorwürfe gemacht, weil sie kein normales Leben führten, so wie die Familien meiner Freunde in Marrakesch», sagte sie. «Doch wenn ich ehrlich bin, hätte ich es an ihrer Stelle nicht anders gemacht. Entweder man passt sich an, oder man geht seinen eigenen Weg. Das erfordert Mut, und vielleicht führt dieser Weg in eine Sackgasse. Ich bin jetzt so weit, dieses Risiko einzugehen. Mit dir gemeinsam, wenn du magst.»

Eine einzelne Elster flog vorbei. Eine bringt Unglück, dachte Alexander.

Die Stimmung im Restaurant war seit dem Ende der Erzählungen Sid Mohammeds sehnsuchtsvoll, traurig fast. Einige Gäste baten ihn, einzelne Passagen noch einmal in Erinnerung zu rufen, aber das lehnte er ab. Stattdessen verteilte er CDs mit Aufzeichnungen seiner Geschichten. Noch immer kamen die Besucher in Scharen, auch draußen vor dem Restaurant standen sie und überlegten, wie es weitergehen mochte. Eine bange Erwartung lag in der Luft, und nur die wenigsten wollten wahrhaben, dass der Sommer zur Neige ging und die Zukunft ein Geheimnis war.

Auch Sid Mohammed wirkte angespannt. Von der drohenden Schließung des Restaurants erzählte Alexander ihm nichts. Karl Möller glaubte er im Griff zu haben. Im Grunde waren diese Tage eine Art Ruhe vor dem Sturm. Dass er dermaßen verheerend ausfallen würde, damit allerdings hatte niemand gerechnet.

Es geschah an einem Freitag, spät in der Nacht. Das Restaurant war längst geschlossen, und Alexander übernachtete ausnahmsweise in seinem Elternhaus. Neben ihm lag Jasmina und schlief tief und fest. Inmitten eines wirren Traums, der ihm Angst machte, ohne dass er sich später an Einzelheiten erinnerte, war er wach geworden. Er stand auf, um das Fenster zu öffnen und frische Luft zu atmen. Da sah er einen lichterloh brennenden Feuerball in Höhe des Restaurants. Sofort weckte er Jasmina und seine Mutter und rief die Feuerwehr an. Sie rannten an den Deich, und aus der Befürchtung wurde Gewissheit. Aminas Restaurant stand in Flammen. Sie waren nicht die Einzigen, die entsetzt auf das brennende Haus zuliefen. Zahlreiche Nachbarn versuchten zu retten, was nicht mehr zu retten war. Sie bildeten eine Menschenkette und schleuderten Wasser aus Eimern, die sie in der Lesum füllten, in die Flammen, aber damit bewirkten sie wenig mehr als der sprichwörtliche Tropfen auf dem heißen Stein. Als die Feuerwehr eintraf, war das Gebäude fast bis auf die Grundmauern niedergebrannt.

Erst jetzt kamen auch Amina und Sid Mohammed angelaufen, ungläubig und fassungslos. Amina war die Besonnenere. Sie versuchte, ihren Mann zurückzuhalten, der wie ein Besessener die brennende Ruine umkreiste. Unwillkürlich dachte Alexander an den Hohenpriester eines Feuerkultes, dessen Schöpfung außer Kontrolle geraten war. Die Feuerwehrleute drängten die Passanten zurück auf die Straße und den Deich, auch Sid Mohammed, der sich mit Händen und Füßen wehrte. Es hätte nicht viel gefehlt, und er wäre gewalttätig geworden. Amina und Jasmina kümmerten sich um ihn. Selten hatte Alexander einen erwachsenen Menschen gesehen, der so sehr auf sich selbst zurückgeworfen erschien wie Sid Mohammed in diesem Augenblick.

Noch lange nach dem Abzug der Feuerwehr standen und saßen sie da und konnten ihre Blicke nicht von der Ruine lösen, in deren rauchenden Trümmern sich die Strahlen der aufgehenden Sonne brachen. Ehemalige Gäste fanden sich ein, die Amina und Sid Mohammed zu trösten versuchten. Die Feuerwehr hatte einen provisorischen Zaun um die Ruine errichtet, an dem das Schild «Betreten verboten» befestigt war. Immer wieder versuchte Sid Mohammed, über den Maschendraht zu klettern, immer wieder hielten sie ihn zurück.

Die Polizei sicherte genügend Beweismittel, die den Verdacht auf Brandstiftung erhärteten. Sie verhörte mehrere Mitglieder des Vereins «Licht und Glaube», die ihre Unschuld beteuerten. Verhaftet wurde niemand.

26

Noch nie hatte es ein vergleichbares Ereignis in Bremen gegeben, und selbst das Wetter zeigte sich von seiner besten Seite. Obwohl es bereits Ende September war, verabschiedete sich der Sommer mit einem geradezu mediterranen Tag. Von der Brandruine am Deich über den Admiral-Brommy-Weg bis zu Knoops Park erstreckte sich eine Festtafel. Dicht an dicht standen die Tische, über mehr als zwei Kilometer, die Lesum entlang, mit weißen Decken, roten Rosen und Geschirr aus Porzellan. Rund zweitausend Gäste waren gekommen und feierten Amina und Sid Mohammed. Fünfzig Köche und dreihundert Kellner sorgten für ein reichhaltiges Diner, das kulinarisch einen Bogen schlug zwischen Morgenland und Abendland. Zubereitet wurden die Speisen teils in den angrenzenden Privathäusern, teils von den Catering-Abteilungen führender Hotels und Restaurants der Stadt.

Unter dem Motto «Bremen lässt seine Freunde nicht im Stich» hatten sich zahlreiche Sponsoren gefunden, die unter anderem die Tische und Stühle kostenfrei zur Verfügung stellten. Die Organisation lag in den Händen von Alexanders Mutter und Teresa Meißner. Die Versöhnung der beiden Rivalinnen gehörte zu den großen Mysterien jenes Sommers, wie Alexander neidlos anerkannte. Offenbar hatte der Brand auch eine heilende Wirkung. Die Schirmherrschaft übernahm der Bürgermeister. Er hielt eine Festrede, in der er vor Gewalt und Fremdenfeindlichkeit warnte. Dafür erhielt er viel Beifall, wenngleich der geistige Urheber der Brandstiftung vermutlich aus demselben Land stammte wie Amina und Sid Mohammed.

Er, der passionierte Träumer, fühlte sich spürbar unwohl in der Rolle des Gefeierten und wirkte fahrig und nervös. Amina dagegen genoss ihren Auftritt und war wie üblich exotisch und extravagant gekleidet, was ihr wenig später zu Kontakten mit aufstrebenden Modemachern verhalf. Finanziell konnten sie den Verlust des Restaurants verkraften, zumal die Versicherung den größten Teil des Schadens übernahm. Theoretisch wären sie ohne weiteres in der Lage gewesen, ein neues Restaurant zu eröffnen. Doch das war nicht geplant. Zu sehr litt Sid Mohammed unter der Einsicht, dass es keine Flucht aus der eigenen Vergangenheit gab.

Auf der Lesum ankerten Dutzende Barken und Barkassen, Motorboote und kleinere Segelschiffe mit ein oder zwei Masten. Aus der Ferne war Musik zu hören, gelegentlich ertönte ein tiefes Schiffshorn, lang anhaltend und merkwürdig melancholisch. Alexander stellte sich einen gestrandeten Wal vor, der nach dem Weg fragte. Die Gäste der längsten in Deutschland registrierten Tafelrunde, die sogar den Eintrag in das Guinness-Buch der Rekorde schaffte, waren aufgefordert, nach jedem Gang die Plätze zu wechseln – das Essen sollte ein Fest der Begegnung sein.

Die Speisenfolge, die Amina noch einmal zusammengestellt hatte, war, wie nicht anders zu erwarten, von erlesener Qualität. Alexander fiel auf, dass Amina sich an diesem Abend von einer sehr europäischen Seite zeigte, kulinarisch gesehen. Da gab es zwar Couscous, Feigen und Datteln, doch ansonsten war Marokko in weite Ferne gerückt. Er verstand ihre Auswahl als eine Botschaft an die Brandstifter, als ein Bekenntnis, sich von niemandem in den eigenen Präferenzen bevormunden zu lassen – im wahrsten Sinn des Wortes. Wiederholt verschlug es Alexander die Sprache, als er sich Aminas Kreationen auf der Zunge zergehen ließ.

«Alexander, ob du mir das nun glaubst oder nicht», sagte seine Mutter, «der Thunfisch und die Buchweizenlasagne waren meine Idee. Du denkst immer, ich sei von gestern. Das stimmt aber nicht.»

Im Einzelnen wurden gereicht:

Die Vorspeisen

Gewürzfeigen mit Roquefort und Ahornsirup
Fladen von Lammcouscous auf
Rosinen und Tomaten
Thunfisch in Honig-Bier-Marinade mit
rotem Rettich
Buchweizenlasagne mit Lachstatar in
Gurken-Limetten-Joghurt
Weinblätter mit Bulgur, Pinienkernen
und Rosmarin-Confit

Der Hauptgang

Steinbuttfilet auf Tomaten-Chutney
mit Okraschoten und gedünstetem Couscous

Die Nachspeisen

Mascarpone Cheesecake auf Puffreis
Ananas in grünem Tee mit Minze
Aztekische Schokoladencreme mit
Chili und Kardamom
Ingwerhippe mit Orangencreme und Datteln

Kirschragout auf gebrannter Gewürzcreme
mit Safran, Zimt, Amaretto und Vanille

Französische Rohmilchkäseauswahl mit frischen Feigen

Die Weine
Pomino Bianco 2003
(Tenuta di Pomino, Marchesi de' Frescobaldi)
Château La Cardonne 1998
(Cru Bourgeois, Appellation Médoc Contrôlée)

Die Gäste hatten sich vorher angemeldet und versichert, am Ende des Abends so viel zu bezahlen, wie ihnen das Essen wert war. Alle Beteiligten wussten, dass diese Regelung dem Missbrauch Tür und Tor öffnete, doch am Ende blieb weitaus mehr Geld in der Kasse, als Kosten entstanden waren. Der Gewinn ging an die Familien der Asylbewerber, die in der Küche von Aminas Restaurant gearbeitet hatten und jetzt ohne Job waren. Zu guter Letzt bedankte sich Sid Mohammed bei allen, ansonsten aber zog er es vor, zu schweigen.

Soweit Alexander die Gespräche verfolgen konnte, kreisten sie im Wesentlichen um die Frage, was die Erzählungen Sid Mohammeds und die hervorragende Küche Aminas in den letzten Monaten bei den Gästen ausgelöst hatten. In der folgenden Wochenendausgabe der *Bremer Nachrichten* waren einige dieser Antworten nachzulesen.

Elfriede Mohr, 79 Jahre: «Am meisten bereue ich die vielen Dinge, die ich in meinem Leben nicht getan habe. Ich erinnere mich noch sehr gut an den Mann, der mich fast auf den Tag genau vor fünfzig Jahren in der Straßenbahn ansprach und mich fragte, ob er mich ins Café einladen dürfe. Ich habe nein gesagt, weil ich nicht wusste, was ich davon halten sollte. Ich habe mich seither tausendmal dafür verflucht. Was ist denn wichtig im Leben? Im Grunde doch nur die Begegnung mit einem Menschen, den man liebt.»

Rüdiger Seifert, 64 Jahre: «Ich war vor vielen, vielen Jahren am Bodensee im Urlaub. Dort habe ich eine Fahrt mit dem Ausflugsdampfer gemacht. An Bord fiel mir eine wunderschöne Frau auf. Sie hatte tiefbraune Augen und schwarze Haare, die ihr bis auf den Gürtel fielen. Ich bin mir fast sicher, dass sie aus Italien oder dem Tessin stammte. Sie erwiderte meinen Blick, und wir sahen uns lange in die Augen. Ich habe nicht gewagt, sie anzusprechen. Seither gibt es nicht einen Tag, an dem ich nicht an sie denke. Ich könnte mich ohrfeigen für meine Dummheit. Sid Mohammed hat genau das Richtige getan.»

Wolfgang Wiechert, 56 Jahre: «Meistens sitzen wir doch abends vor der Glotze. In Aminas Restaurant habe ich entdeckt, dass es noch ein ganz anderes Leben gibt. Dafür bin ich den beiden sehr dankbar, auch wenn ich nicht weiß, was ich jetzt machen soll. Ohne das Restaurant.»

Gaby Freidank, 42 Jahre: «Sehnen wir uns nicht alle danach, unseren täglichen Zwängen zu entgehen? Irgendwo durchzieht der Duft der Freiheit unser Wesen, gleich dem flüchtigen Geruch gemähten Grases im Traum von einem verlorenen Sommer.»

Hermann Hasshagen, 30 Jahre: «Ich bin gerade mit meinem Studium fertig und weiß, dass ich keine Chance habe. Jurist mit Dreier-Examen, in meinem Alter, das ist heutzutage fast aussichtslos. Ich finde es gut, dass Amina und Sid Mohammed den Mut hatten, etwas ganz anderes, Ungewöhnliches auf die Beine zu stellen. Für mich ist das sehr wichtig. Zu sehen, dass man seinen eigenen Weg gehen muss. Auch wenn es am Ende brennt. Die beiden werden etwas Neues schaffen, ganz sicher. Wenn du erst mal auf dem richtigen Trip bist, läuft das schon. Hoffe ich jedenfalls.»

Janine Neubert, 23 Jahre: «Ich würde mich niemals mit einem Araber einlassen. Ich mag diese Muselmänner nicht. Die sind mir zu fanatisch, und ich habe keine Lust, mich zu verschleiern. Aber Sid Mohammed und seine Amina, die haben was. Das ist so … Ich weiß nicht, wie ich das sagen soll. Jedenfalls finde ich es toll, was die machen. Und solche Klamotten wie die von Amina, die würde ich auch tragen. Das ist ziemlich cool und sexy.»

Wilfried Theeßen, 18 Jahre: «Ich finde, wir sollten mehr ficken. Ich bin jetzt in einer Gruppe, die heißt ‹Fuck for Forest›. Es geht darum, dass wir den Regenwald retten wollen. Dafür brauchen wir Geld. Wir ficken und filmen uns dabei und stellen das anschließend ins Internet. Das kann man dann gegen Gebühr runterladen. Nur ficken ist auf Dauer vielleicht etwas … na ja, einseitig. Aber wir machen das für eine gute Sache. Ich fände es prima, wenn Jasmina Lust hätte, da mal mitzumachen. Von mir aus auch ihre Mutter, ist eigentlich egal.»

Helene Bauer, 5 Jahre: «Am liebsten mag ich Couscous. Also wenn meine Mama mir einen Kuss gibt. Wenn Papa das macht, pikst das immer so. Weil er nämlich einen Pikse-Bart hat.»

Zu Alexanders großem Erstaunen wurden Teresa Meißner und seine Mutter Freundinnen. Sie beriet die neue Lebensgefährtin ihres Mannes bei der Pressearbeit für den Großmarkt und sorgte dafür, dass sie nicht nur gut aussah, sondern sich voll und ganz auf die Inhalte konzentrierte. Das Leben sei zu kurz, um es sich gegenseitig schwerzumachen, meinte Alexanders Mutter.

Sein Vater wiederum bot Sid Mohammed an, die Leitung der Abteilung «Lebensmittel aus dem Orient» im Großmarkt zu übernehmen. Er sagte, allein halte er den ganzen Irrsinn nicht mehr aus.

27

Eine solche Intensität des Lichts kannte Alexander nicht. Schon im Landeanflug war er fasziniert von der alles erhellenden, beinahe gnadenlosen Kraft der Sonne, die jedes Detail der Gebirgslandschaft unter ihm wie mit einem Skalpell freizulegen schien. Rot, Braun, Ockergelb waren die vorherrschenden Farben, und selbst nach der Landung in Marrakesch hatte er das Gefühl, er wäre in dem Atelier eines Malers, so unwiderruflich und endgültig erschien ihm die Abwesenheit von Grau, «nebelig und trüb», den vorherrschenden Sinneseindrücken in Norddeutschland. Und dann waren da die Gerüche, jenes Nebeneinander von Fäulnis, brennendem Abfall und süßlichen Schwaden von Jasmin, die über der Stadt lagen wie ein zweites Gesicht, hässlich und schön zugleich.

Alexander nahm ein Taxi vom Flughafen und staunte über den gewaltigen Palmenhain und die wüstenähnliche Kulisse, die der Stadt den Charakter einer Oase verliehen. Auch die Stadtmauer und die allgegenwärtigen Lehmbauten waren ockerfarben und rostrot, das Gebirge, gespiegelt in der Architektur. Was für ein Menschengewühl am Djamaa al-Fna, dem Platz der Gaukler und Geschichtenerzähler! Bunt, grell, lebendig, sinnenfroh, eine endlose Kakophonie. Voller Zuversicht machte er sich auf den Weg in den Basar, in Richtung Rue Assouri. Es dauerte nur wenige Minuten, und er hatte sich hoffnungslos verlaufen. Natürlich hätte er anrufen können, doch er mochte nicht zugeben, dass er die Orientierung verloren hatte. Er fragte sich durch, wurde belagert von Tagedieben und Schwätzern, die ihm alles anboten, von Teppichen bis Frauen, zu sensationellen Preisen selbstredend. Schließlich flüchtete Alexander sich in das Geschäft eines Goldhändlers, der seinem Sohn auftrug, ihn zu Sid Mohammeds Haus zu begleiten. Es stellte sich heraus, dass er Sid Mohammed und Amina ebenso kannte wie Layla und Ibtisam, «mögen sie beide in Frieden ruhen». Die Frau des Gouverneurs habe öfter bei ihm eingekauft. Auch das gehörte zum Orient, wie Alexander feststellte. Jeder kannte jeden.

Die Tür zur Gasse knarrte, als Jasmina sie öffnete. Sie gab seinem kleinen Begleiter ein Trinkgeld und ließ sich keine Gefühle anmerken. Erst nachdem Alexander eingetreten und die Tür wieder verschlossen war, fiel sie ihm in die Arme.

«Ich hätte dich doch am Flughafen abgeholt», sagte sie.

«Ich weiß. Aber ich wollte meine ersten Eindrücke alleine sammeln. Ich kann das schwer erklären. Gerhard Rohlfs musste doch auch sehen, wie er sich durchschlägt.»

Der Innenhof mit seinem Springbrunnen, den Zitronen- und Orangenbäumen hatte wirklich etwas Paradiesisches, wie von Sid Mohammed beschrieben. Vögel zwitscherten, es war heiß. Sie tranken Zitronenwasser. Jasmina hatte schon genaue Pläne, wie sie das Haus in ein Hotel verwandeln wollte. Mit dem Architekten habe sie bereits gesprochen. Sie redete und erzählte, doch Alexanders Blicke wanderten über ihren Körper, und während sie die Schönheit türkisfarbener Kacheln in den Badezimmern beschrieb, fuhr er ihr durch die Haare und zog sie an sich, bis ihre Lippen sich berührten.

Als sie Stunden später erschöpft auf dem Bett lagen, ging die Sonne unter, und die Spatzen draußen machten einen gewaltigen Lärm. Sie begrüßten die einsetzende samtschwarze Dämmerung. Alexander und Jasmina aßen eine Kleinigkeit und liebten sich wieder, und diesen Rhythmus – viel Zeit, viel Sinnlichkeit und draußen eine Welt, die darauf wartete, erobert zu werden – behielten sie Woche für Woche bei. Und so geheimnisvoll und exotisch Alexander Marrakesch auch fand, die Stadt war ihm eigentlich egal. Wäre Jasmina Norwegerin oder Neuseeländerin, was würde es ändern? Die Liebe und Zärtlichkeit, die er für sie empfand, wären dieselben. Nur an einem anderen Ort. Ob sie auf Dauer in Marrakesch blieben – das würde sich zeigen.

Alexander war glücklich, und er wusste es. Im Alter von fünfundzwanzig Jahren hatte er gefunden, was nicht wenige Menschen ein Leben lang suchten. Oft genug, ohne es je zu finden, sagte er sich jeden Morgen nach dem Aufwachen, während er noch Jasminas ruhige Atemzüge neben sich vernahm.

Einige Wochen später saßen Alexander und Jasmina in ihrem Lieblingscafé «Casablanca». Zu ihrem großen Erstaunen lasen sie dort in der *Frankfurter Allgemeinen Zeitung* vom 24. November die folgende Notiz:

«Bremen. In der Hansestadt sorgen seit einigen Tagen gefrorene Brathähnchen für Aufregung. Aus unerklärlichen Gründen fallen sie nachts in größerer Zahl über dem Stadtteil Lesum vom Himmel, wo sie bereits mehrere Dächer beschädigt oder durchschlagen haben. Erste Untersuchungen der Polizei blieben bislang ergebnislos. Ein Polizeisprecher erklärte, es könnte sich um die Tat orientierungsloser Jugendlicher handeln. Denkbar sei auch, dass Raubvögel die Brathähnchen von einer Mülldeponie aufgegriffen hätten.

Auf Nachfrage räumte er jedoch ein, dass es in Bremen keine entsprechend großen Raubvögel gebe.

Unterdessen nimmt die Unruhe zu, nachdem in der Nacht zum Sonntag nicht weniger als fünfzig gefrorene Brathähnchen in Lesum niedergegangen sind. Mehrere Personen erlitten einen Schock. Der Bürgermeister riet zu Gelassenheit im Umgang mit Phänomenen, die auf den ersten Blick nicht ohne weiteres zu erklären seien. Als Reaktion auf die wachsende Besorgnis in der Bevölkerung habe er gleichwohl einen Krisenstab gebildet. Ihr Leiter ist der marokkanische Staatsangehörige Mohammed Boucetta, genannt Sid Mohammed, was in Bremen allgemein mit großer Freude und Erleichterung aufgenommen wurde.»

Einige Rezepte aus Aminas Küche, zum Nachkochen empfohlen

(Alle Rezepte verstehen sich für vier Personen)

Schai Nana

Marokkanischer Pfefferminztee

1½ TL grüner Tee
Eine Hand voll frische Minze
150 g Rohrzucker
Kardamom, Zimt und Mandelstifte nach Belieben

Den grünen Tee in eine Kanne geben, mit heißem Wasser übergießen und eine halbe Minute ziehen lassen. Diesen ersten Aufguss wegschütten, nur die Teeblätter bleiben in der Kanne. Die Minze und den Zucker zugeben, ebenso 1 l heißes Wasser, und alles zusammen etwa 3 Minuten aufkochen. Anschließend gut 5 Minuten ziehen lassen. Nach Geschmack einen Hauch Kardamom oder Zimt zufügen. In kleinen Gläsern und nach Wahl mit Mandelstiften servieren. Aus großer Höhe einschenken, damit der Tee gut schäumt.

Salat aus grünen Tomaten

1 kg Tomaten
6 Zimtstangen
500 g Zucker
100 ml Orangenblütenwasser
200 ml Erdnussöl
1 Prise feines Salz
1 Prise Safran zum Färben

Den Stielansatz der Tomaten entfernen. Die Haut der Tomaten kreuzweise einschneiden und die Tomaten in kochendem Wasser blanchieren. Dann die Haut abziehen. Die Tomaten quer durchschneiden. Die Samenkerne entfernen. Die Tomaten mit der ausgehöhlten Seite nach oben auf ein Backblech legen. Darauf die übrigen vermischten Zutaten verteilen. Die Tomaten mit einem großen Stück Alufolie zudecken. Im Backofen ca. 30 Minuten bei 150 °C backen. Warm oder kalt servieren.

Sikouk

Eine kalte Suppe, die am besten im Sommer schmeckt

1 kg Vollmilchjoghurt
Innere Blütenblätter von 2 Artischocken
3 EL Orangenblütenwasser
350 g Maisgrieß
1 Prise Zimt
2 EL Pflanzenöl
Salz und Pfeffer

Die inneren Blütenblätter der Artischocken abziehen und sie anschließend mit einem Messer fein wiegen. Das Öl mit der Hand in den Maisgrieß einrühren. Salzen. Einen Couscous-Topf zu drei Vierteln mit Wasser füllen und zum Kochen bringen. Den Maisgrieß 15 Minuten im Siebaufsatz garen. Auf einem Teller mit der Hand etwas Wasser in den Grieß einrühren. Weitere 15 Minuten im Siebaufsatz des Topfes garen. Den Vorgang zweimal wiederholen. Zimt einrühren. Auf einem Servierteller Grieß zu einer Kuppel anhäufen. In die Mitte Joghurt geben, mit Orangenblütenwasser verquirlt. Die Blütenblätter der Artischocken separat servieren und sie vor dem Essen in die Suppe tunken.

Nilbarsch mit getrockneten Limetten

500 g Möhren
5 getrocknete Limetten
3 EL Olivenöl
1 grüne Chilischote
1 frische Limette
2 Nilbarschfilets zu je etwa 200 g
(wahlweise andere Barsch-Sorten oder Zander)
½ TL Currypulver
Salz

Die Möhren putzen und längs halbieren, anschließend in lange Streifen schneiden. Die getrockneten Limetten mit einem Spieß löchern. Öl und etwas Wasser in einem Schmortopf erhitzen, Möhren und Limetten dazugeben und bei mittlerer Hitze zugedeckt etwa eine Viertelstunde garen. In der Zwischenzeit die Chilischote entkernen und in kleine Ringe schneiden. Die Limette auspressen. Den Fisch in dicke Scheiben schneiden, in den Schmortopf geben und zugedeckt 10 Minuten mitgaren. Currypulver dazugeben und mehrmals schwenken, salzen. Die Möhren auf einer Platte anrichten und den Fisch daraufsetzen. Die Chiliringe darauf verteilen, ebenso die getrockneten Limetten. Limettensaft separat dazu reichen.

Couscous mit Lamm und Trockenfrüchten

8 getrocknete Aprikosen
2 EL Rosinen
8 Backpflaumen ohne Stein
8 Datteln ohne Kern
500 g feiner Couscous
1 Zwiebel
500 g mageres Lammfleisch
3 EL Olivenöl
Salz, Pfeffer
1 EL Butter
1 Limette
1 EL brauner Zucker
1 Bund frische Minze

Die Trockenfrüchte in warmem Wasser eine halbe Stunde einweichen. Anschließend über einem Sieb abtropfen lassen. Den Couscous in einem weiteren Sieb, ausgelegt mit einem Tuch, mit heißem Wasser begießen und zum Abtropfen beiseitestellen. Die Zwiebel schälen und in Streifen, das Fleisch in grobe Stücke schneiden. 2 EL Olivenöl in einem Schmortopf erhitzen und das Fleisch darin kurz scharf anbraten, salzen und pfeffern. Zwiebel und Trockenfrüchte dazugeben und alles gut durchmischen. Das Sieb mit dem Couscous auf den Schmortopf setzen und das Ragout bei schwacher Hitze zugedeckt eine halbe Stunde schmoren. Nötigenfalls Wasser hinzugießen.

Zwischendurch den Couscous mit einer Gabel auflockern. Den fertigen Couscous in eine vorgewärmte flache

Schüssel häufen und dabei die Butter untermischen. Das Lammragout darauf anrichten. Den Sud separat servieren. Die Limette heiß abwaschen, abtrocknen und in Scheiben schneiden. Das restliche Öl mit dem Zucker in einer Pfanne erhitzen, die Scheiben darin kurz andünsten. Die Blätter der Minze abzupfen und in feine Streifen schneiden. Limette und Minze zur Dekoration verwenden.

Lamm-Tajine mit Pflaumen

1½ kg Lammbrust
250 g Zwiebeln
2 Knoblauchzehen
1 Bund glatte Petersilie
1 Bund Koriander
1 Prise gemahlener Ingwer
jeweils 1 Prise Safranpulver
Salz und Pfeffer
6 EL Olivenöl
3 Zimtstangen
200 g getrocknete Pflaumen ohne Stein
100 g abgezogene Mandeln
1 TL Rohrzucker

Die Lammbrust entbeinen. Das Fleisch in etwa gleich große Stücke schneiden. Olivenöl in einer Pfanne erhitzen, die Fleischstücke hineingeben und von allen Seiten kurz anbraten. Zwiebeln und Knoblauch schälen und hacken, ebenso Petersilie und Koriander. Alles zum Fleisch geben. Mit Ingwer, Salz, Pfeffer und Safran bestreuen. Zwei Zimtstangen zufügen.

Alle Zutaten mit kaltem Wasser bedecken und zum Kochen bringen. Zugedeckt etwa eine halbe Stunde in der Pfanne auf kleiner Stufe garen lassen, bis das Fleisch schön zart ist. In einem Topf Wasser erhitzen, Zucker und eine Zimtstange hinzufügen. Anschließend die Trockenpflaumen in die Flüssigkeit geben und gut 10 Minuten bei mäßiger Hitze pochieren. In einem weiteren Topf Olivenöl erhitzen und die Mandeln darin goldbraun werden lassen. Vorsicht, brennt leicht an. Das Fleisch in die Mitte eines flachen Tellers legen, mit dem Sud, den Mandeln und den Backpflaumen garnieren.

Feigen mit Thymianhonig

1 kg frische, sehr reife Feigen
100 g Thymianhonig
50 g Butter
150 g frischer Ziegenkäse
Zum Garnieren Pfefferminzblätter nach Belieben

Die Feigen waschen. Den Stielansatz abschneiden. Die Früchte dritteln oder vierteln. Die Butter in einem Topf zerlassen, bis sich Schaum bildet. Die Feigenstücke in die heiße Butter geben. Den Topf rütteln, damit die Feigen gut mit Butter überzogen werden und einheitlich bräunen. Die gebräunten Feigen vom Herd nehmen und beiseitestellen. Anschließend den Honig ebenfalls in geschmolzene Butter geben. Gut verrühren. Den Ziegenkäse in kleine Würfel schneiden. Den Honigsirup auf einen Servierteller geben. Die Käsewürfel in die Mitte legen, darum die Feigen ringförmig verteilen. Mit Pfefferminze garnieren.

Türkischer Honig

Für eine Kastenform von 20–30 cm:
2 Eier
500 g Zucker
½ TL Zimtpulver
Nach Belieben 3 Kardamomkapseln
20 g ganze geschälte Haselnüsse
50 g Rosinen
100 g Cocktailkirschen (etwa 15 Stück)
1 EL Puderzucker

Die Eier trennen. Das Eiweiß steif schlagen. Die Form mit Backpapier auslegen. In einem Topf den Zucker in 150 ml Wasser auflösen. Den Zimt und die Kardamomkapseln hinzugeben und das Zuckerwasser unter ständigem Rühren bei starker Hitze aufkochen lassen. Vom Herd nehmen und weiterrühren, bis sich die Flüssigkeit wieder beruhigt hat. Diesen Vorgang bis zu zehnmal wiederholen. Die Lösung wird während des Aufkochens immer zäher, darf aber nicht karamellisieren. Die Kardamomkapseln entfernen. Den Eischnee mit dem Handrührgerät in die heiße Zuckerlösung rühren. Die Nüsse, Rosinen und Kirschen untermischen und die Zuckermasse rasch in die Form einfüllen. Die Masse wird in wenigen Minuten hart. Eine Stunde ruhen lassen. In Stücke schneiden, nach Geschmack mit Puderzucker bestreuen und servieren. Hält sich in einer Blechdose bis zu vier Wochen.

Michael Lüders bei Arche
Eine Auswahl

Aminas Restaurant
Ein modernes Märchen
208 Seiten. Gebunden
»Wir legen das Buch mit einem Lächeln aus der Hand. Und mit dem festen Vorsatz, unser Leben in Zukunft intensiver zu genießen: sei es manchmal auch scharf wie die rote Sauce Harissa oder bitter wie die Schale getrockneter Limetten.« NDR Kultur

Der Verrat
Roman
208 Seiten. Gebunden
»Leise und selbstironisch erzählt Michael Lüders von Liebe und Verrat, und unbemerkt raubt er einem den Atem.« Rafik Schami
»Ein echter Überraschungscoup: Der Nahost- und Islamexperte Michael Lüders hat seine Erkenntnisse diesmal in Form eines Spannungsromans aufbereitet. Herausgekommen ist ein schneller, schlauer Politthriller der Extraklasse; ein Abenteuerroman auf der Höhe der Zeit.« Ulrich Noller, Deutsche Welle

ARCHE